U0614376

◆◆ 中国文学名家小小说精选丛书

送你一枚红叶

厉剑童　著

江西高校出版社
JIANGXI UNIVERSITIES AND COLLEGES PRESS

南　昌

图书在版编目（CIP）数据

送你一枚红叶 / 厉剑童著 . -- 南昌：江西高校出版社，2025.6. --（中国文学名家小小说精选丛书）.
ISBN 978-7-5762-5592-8

Ⅰ . I247.82

中国国家版本馆 CIP 数据核字第 20249A9K07 号

责 任 编 辑　袁娟霞
装 帧 设 计　夏梓郡

出 版 发 行　江西高校出版社
社　　　　址　江西省南昌市新建区工业二路 508 号
邮 政 编 码　330100
总 编 室 电 话　0791-88504319
销 售 电 话　0791-88505090
网　　　　址　www.juacp.com
印　　　　刷　鸿鹄（唐山）印务有限公司
经　　　　销　全国新华书店
开　　　　本　650 mm×920 mm　1/16
印　　　　张　13
字　　　　数　160 千字
版　　　　次　2025 年 6 月第 1 版
印　　　　次　2025 年 6 月第 1 次印刷
书　　　　号　ISBN 978-7-5762-5592-8
定　　　　价　58.00 元

赣版权登字 -07-2024-990
版权所有　侵权必究

图书若有印装问题，请随时联系本社 (0791-88821581) 退换

目 录
CONTENTS

第四辑
谁给你的爱不留缝隙

第一辑

往前走，总能走到春天里

◀ 大瓢小瓢
·······················

女人比男人大三岁，第一次见面，男人一听女人比他大，扭头就走。男人的娘说："女大三，抱金砖。像咱这样的人家，有愿跟的就不错了。"男人很孝顺，就听了娘的话。不久，女人嫁给了男人。

女人早就听人说，要抓住一个男人的心先要抓住他的胃。男人从小爱吃米饭，女人就一天一顿米饭，每次只做两碗半。男人两碗，女人半碗。男人吃的大汗淋漓，女人却吃得很少。男人问女人："不爱吃米饭？"女人说："不，啥饭都行，我饭量小。"

女人从娘家带来一大一小两只瓢，女人就用这两只瓢淘米。女人淘米的样子很好看，女人习惯左手拿大瓢，右手拿小瓢。先用大瓢去米袋里挖半碗米，然后拿乘着米的瓢去水缸里舀半瓢水，来回在瓢里咣当咣当，水在瓢里旋几个圈。然后，女人再从大瓢倒进小瓢，再来回咣当咣当，水在瓢里又旋几个圈，然后再从小瓢倒回大瓢……就这样，大瓢到小瓢，小瓢到大瓢，来来回回，次序从来不乱。如此这般，十几个来回下来，那些掺杂在米里的细沙便一粒不少地全留在大瓢底下了。不过，男人从没上眼看过。

女人做的米饭不仅没沙子，而且特别白，特别香。两碗热腾腾、白灿灿的米饭往男人手里那么轻轻一放，男人便感到全世界的幸福和美味都在这一碗米饭里了。

男人吃饭从来没吃出一粒沙子。一次，男人听同事说老婆做的米饭净是沙子，牙都快被硌下来了。男人就笑，男人不知道牙碜是什么。男人想，还有不会淘米的婆姨？

女人有一次病了，要男人自己淘米下锅。男人拿着瓢，倒来倒去，一粒沙子也没淘出来。女人叹了口气，起身淘米。男人站在一边第一次看女人淘米，女人从大瓢到小瓢，再从小瓢到大瓢，反反复复。男人觉得女人淘米的动作很好看，男人问女人："干吗要反复那么多次？不嫌麻烦。"女人笑笑，不答。

以后，女人再也没让男人下过一次厨、淘过一次米。

男人的日子在女人一碗碗香喷喷的米饭中度过，一转眼，20多年过去了。男人从公司的小职员提升到了部门经理。当了官的男人在家吃饭的时间越来越少，对他最钟情的米饭也似乎没有了多大热情，更没有再看女人淘米。

女人开始有些憔悴和疲惫，可女人的米饭一天也不曾间断。两碗半，白灿灿、香喷喷，挑不出一粒沙子。

男人终于能在家吃顿饭了。女人这次没有像往常那样赶忙去淘米，女人提出自己想吃男人做的米饭。男人不乐意，也不屑做这种活。可女人不答应，坚持要男人自己淘米做饭。

"没有商量？"男人问女人。

"没有！"女人摇摇头。

男人只好笨拙地拿起了那两只颜色已经变暗了的瓢。男人拿着瓢，像女人那样，将米和水从大瓢倒到小瓢，再从小瓢倒到大瓢。倒来倒去，结果竟然和20年前自己第一次淘米一模一样，沙子一粒也没淘出来。20年了，男人的淘米手艺居然没有丝毫长进。男人气急，扔掉了手里的瓢，转身欲出门。女人拉着男人的手不放，男人很疑惑，女人今天这是怎么啦？男人懒得去问，只好耐着性子重新淘米。

饭总算做好了。男人端起饭碗就吃，只听"嘎巴"一声，男人顿时龇牙咧嘴，吐出那口米饭。用筷子巴拉着，居然找出三四粒细碎的沙子。

女人却大口大口吃得津津有味，虽然女人的嘴里不时发出"嘎巴嘎巴"的声响。

接下来的日子里，男人照旧很少回家吃饭。

女人的米饭照旧天天做着，白灿灿、香喷喷，没有一粒沙子。

女人越来越憔悴，脸色越来越差。

男人终于又一次回家吃饭。这次，男人主动到厨房淘米，女人在一旁看着。

男人左手拿大瓢，右手拿小瓢。先用大瓢去米袋里挖半碗米，然后拿乘着米的瓢去水缸里舀半瓢水，来回在瓢里晃晃，水在瓢里旋几个圈。然后，男人再从大瓢倒进小瓢，再来回晃晃，水在瓢里又旋几个圈，然后再从小瓢倒回大瓢……就这样，大瓢到小瓢，小瓢到大瓢，来来回回，次序不乱。如此这般，十几个来回下来，那些掺杂在米里的细沙便一粒不少地全留在大瓢底下了。女人奇怪，男人居然淘的很熟练，而且挑不出一粒沙子。

白灿灿、香喷喷的米饭端上了桌子。

男人端着碗怔怔地看着女人，几次欲言又止。男人脑子里全被另一张年轻女人的笑脸占据了，男人曾为了这张非常爱吃米饭的年轻的女人整整苦练了两个月淘米。

女人低着头，破天荒吃了满满一大碗米饭。

女人笑了。

放下碗，女人站起来收拾碗筷，却一下子扑到在地。女人被送进了医院。女人气息微弱地说："你终于学会淘米了，我可以放心了。"女人说完，脸上带着满意的笑容去了。

男人整理女人的遗物时发现一张病历，男人一看呆住了。原来，几个月前女人就知道自己得了绝症，晚期，忌米饭。那个日期正是女人坚持要男人自己淘米做饭的日子。

霎时，两行热泪从男人的眼里奔涌而出。

男人走进厨房，找出那两只女人用了几十年的瓢，一手一只，不停地从大瓢倒小瓢，又从小瓢倒大瓢……

◀ 五婶与羊

刚放学回家，就听父亲、母亲在屋里说话——

"他爹，今天他五婶去送粪用羊套车拉，坡那么大，半天没爬上去，车子往回倒，差点人羊都滚沟里去。幸亏我撞见，拉了一把，要不然出大事了。"

"什么？拿羊拉车？真亏她想得出。那羊她养了六七年了吧，老羊了，能拉动车？唉，老五走得早，真苦了她了。"

"羊是老羊了，可大小是个帮手。当初她五婶要不是死活跟他五叔，也就到不了今天这地步……这都是各人的命啊！"

噢，父母在说五婶家的事。

五婶在村里是个"名人"，她的故事一串连一串，三天三夜说不完。

五婶是我家邻居，住东墙，其实和我家并没什么血缘关系。

母亲说过多次，五婶和五叔自由恋爱，五叔爹娘死得早，家里穷，五婶家人不同意，她自己硬偷跑来的，婚礼也没有，就过起了日子。两人你敬我爱，日子倒也过得红火。也许是老天爷妒忌，五叔只跟五婶过了十年没到头就得急病走了。五婶哭得昏天黑地、死去活来。哭过、伤心过，擦把泪，日子还得过下去。

五婶生得娇小，模样漂亮、性情温顺，活脱脱一朵小花。在农村，一个女人带着一个孩子过日子，苦累可想而知。母亲说，五叔走后，上门提亲的踏破门子，她也曾帮忙张罗过一门亲事。可你五婶连看都不看，她是怕儿子受委屈。一晃就是十年。

"虎子明年考大学了，花钱还在后边。"母亲说。

"是啊，你平时能帮就帮一把，邻邻居居的。"

"嗯，邻帮邻，应该的。何况那年小四洗澡掉水里差点淹死，是他五叔救了他，这恩情我都记着呢……"

父母还说了些什么，我没心思听下去。我只对五婶用羊拉车的事感兴趣，我撂下书包，转身跑出去看热闹。

五婶正在院子里往架子车上铲粪。母羊个头挺大，只是比较瘦弱，身上缠了两根大草绳，两根长木棒一左一右夹在脖子上。母羊站在那里，眼睛安详地看着五婶装车，嘴巴不停地来回嚼动，一溜青草汁顺着嘴角流下来，那撮又厚又长的山羊胡子跟着嘴巴运动来回摆动。

粪篓铲满了，五婶弯腰推起车子，老母羊在前面拉，母羊身上的两根绳索跟着车子走动的节奏一松一紧、一松一紧。我调皮地跟在一边，拿根小木棒当鞭子，吆吆喝喝驱赶着母羊。母羊低着头，只顾拉车往前走。母羊拉车的样子让人觉得它不是一只羊，更像是一个拉船的纤夫。

后来，我出村上初中，住校，来回匆忙，便再也没见过五婶用母羊拉车的情景。但听母亲说，五婶还经常用母羊拉车送粪、运庄稼甚至种地。母亲还说，她不止一次要帮五婶拉车，可五婶高低不肯，说自己能行，弄得母亲想帮帮不上。"你五婶是不想欠人家人情，"母亲说，"没想到，看她柔柔弱弱的，骨子里那么要强。"

初一下学期，暑假，一天，我问母亲，五婶还用羊拉车不？母亲说，那羊前两天刚卖了。

"卖了？咋舍得卖？"我问。"你五婶她儿子不是考上大学了吗？急等着用钱，就卖了。卖羊那天，你五婶喂了最好的草料，搂着母羊的脖子半天不松开，饭都吃不下。"

我心里有些失落，是为再也看不到五婶用羊拉车的稀罕景，还是再也听不到五婶家羊咩咩的叫声，说不清，真说不清。

十几天后的一天，我突然听到隔墙传来羊叫声。跑出去朝五婶家院子里一看，只见老母羊又回来了，正站在院子里欢快地吃草。听到动静，老母羊抬起头看了我一眼，又继续自顾自地吃草。

我问母亲怎么回事，母亲说："说来也神了，那天你五婶正推着黄豆爬坡，一只羊跑过来，用头顶着车子推车。你五婶仔细一看，是老母羊又回来了。你五婶当时就搂着老母羊，眼泪呱嗒呱嗒流下来。当天，她找到买羊的那户人家，把钱退了回去……"

"这羊通人性啊！"母亲说。我注意到，母亲说这话的时候眼圈红了。

蓦地，我心里涌起一阵莫名的感动，我朝正在吃草的老母羊投去深深的一瞥。

后来，在我到县城一中上高一那年秋天，五婶一个人上坡收庄稼，被毒蛇咬了。等村里人发现时已经晚了，几天后五婶走了。父亲和村里人把五婶葬在村东老林，和五叔合葬在一起。

五婶终于又和五叔团圆了，想必在那边日子一定过得很红火吧？我想这是一定的。

我问母亲那只老母羊呢？母亲说："你五婶走后，老母羊趴在她家门口，一连趴了好几天，不吃不喝，谁喂也不吃，最后饿死了。你爹把它埋在了你五婶的坟旁，和你五婶五叔作伴去了。"

在城里，梦里，我不止一次听见咩咩的羊叫声。

◀ 最美的格桑花

那年，他考取了北京的一所著名大学。他没有像有的同学那样一进大学门，就忙着谈情说爱，沉溺于玩手机游戏……他日夜攻读，只用了两年半时间，学完了大学四年的全部课程。大三下学期，他开始了酝酿已久的圆梦行动——到偏远艰苦的地方支教。

他通过支教助学联盟联系好了贵州一藏区村小。前一个支教的老师走了数月，迟迟找不到新教师，学生只好放假。他的父母竭力反对，怕他耽误学业，怕他吃不消那个苦，怕他万一有个闪失……他给父母留了一封信，背上行李包，毅然踏上支教的路。

先是坐火车，后是汽车，再后是三轮车、摩托车，又经过两天徒步跋涉，终于到达了那所山村小学。和很多有着支教经历的大学生一样，眼前的一幕让他惊呆了：几间破旧教室坐落在海拔2700米的山腰上，门窗上几乎找不到一块像样的玻璃，几块木板涂上黑漆算是黑板，阳光从破旧的窗户和屋顶破裂的瓦缝里漏出来……眼前一切，让他恍惚进入了另一个世界。震惊、失望，种种复杂的情绪涌上心头。

他走进教室，走到那些瞪着茫然的大眼睛却又顽劣无比的孩子们中间，走进那些宁让孩子放羊也不愿孩子上学的家中……几个月过去，一切都有了头绪，那些辍学的孩子已经陆续返回学校。

新鲜、忙碌、充实之后，另一种情绪溢满心头。手机没信号，电脑成了摆设，信息不灵，交通闭塞，一日三餐，几乎顿顿土豆、白菜。每当下午孩子们放学回家后，校园里空落落的，没人跟他说话，哪怕吵一架也行，孤独寂寞想家，像夜猫的爪子挠着他那颗年轻的心。

他经常一个人骑着自行车翻山越岭，走村串寨，到学生家里家访。那些家庭的贫困状况让他震撼，更让他感到自己肩负的重任。每到一户，家长都会拿出最好的酥油茶、青稞酒、糌粑招待他，让他感受到藏民特有的淳朴和善良。

闲暇时，他也会到学校周边的山岭上转转，去看那五颜六色的格桑花。他知道，在藏民的心目中，格桑花是幸福之花、希望之花。漫步在漫山遍野的格桑花中，他陶醉了，心中燃起一簇簇火焰，点燃着他的蓬蓬勃勃的青春和梦想……

然而，接下来发生的一件事让他顿生失望。那天，他将自己心爱的一支钢笔落在讲台上，返回找寻却再也不见了踪影。那是他18岁生日，高三时的女同桌悄悄送给他的礼物。家教极严的他虽然跟女同桌没有发展成那种关系，但他十分珍惜这份友谊、这份情。那支钢笔始终伴随着他左右。

显然，钢笔被班上哪个同学拿走了或者说偷走了。回想自己一腔热血，千里迢迢来到这里播撒知识的种子，学生却做出这样让他失望的事，他伤心，他恼怒，他失望，他绝望……他想离开这里，回到熟悉的大城市……一连几天，他情绪低落，校园的操场上再也看不到他跑步的身影。孩子们像受惊的小鹿，愣愣地看着他，不知道老师这是怎么啦。

那个送他钢笔、同样在名校上大学的女同桌来信约他一起出国读研，他考虑再三答应了。晚上，他在宿舍整理行李，然后坐等天亮。他正翻看着自己的支教日记本，封二中的一句话让他顿时脸红：是男子汉，就要有为实现梦想而不懈追求的勇气和魄力！这是他在支教前的那个晚上亲手写下的誓言，这话他同样送给了自己写给父母的那封信里。

他的眼前浮现出大学同学送他时说的那些鼓励的话，想起辅导员的那双期盼的眼睛，想起班上那26个即将因为没人教到处乱跑的孩子……他犹豫再三，解开了背包。

第二天，满眼血丝的他重新站在讲台，和往常一样很投入地讲课。他并不知道，此刻台下的那个角落里，同样有个眼皮红肿的孩子正怯怯地看着他。

教师节到了，像往常一样，他径直去了教室。轻轻推开门的一刹那，一股股浓烈的花香扑鼻而来。他看到，讲台上堆满了一束束格桑花，红的，白的……那么热烈、夺目。每一束格桑花都用一根细红绳认真地捆着。他一束束地拿起来，不多不少，整整26束！一种异样的感觉涌上心头。那天的课就这样，在花海里开始了。

中午，在宿舍，他将花束一一打开，插在大大小小的瓶子里。解开最后一束花时，他发现了那支丢失数日的钢笔和一张字条，字条上用歪斜的字迹写着：

"老师，对不起，我不该偷偷拿走您的钢笔。我这样做，是为了我弟弟。他身体残疾没能上学，听说老师有一支漂亮的钢笔时，他吵闹着非要亲眼看一看、亲手摸一摸……原想当天还给您，可他太喜爱了，所以一直拖到今天才给您。老师，您说过，不能随便拿别人的东西。我不是一个好孩子，原谅我……祝老师节日快乐！"

读着读着，他的眼睛润湿了，他为自己一时冲动差点冤枉了孩子而羞愧，更为自己的意气用事而惶恐。他轻轻捧起那束格桑花，静静地看着、嗅着。那一刻，他眼前浮现出一张，不，是 26张两腮满是高原红的可爱的笑脸。每一张笑脸就像一束格桑花。那是他见过的最美的格桑花。

两个月后，他班里的 26 名学生，每人手里都多了一支和他的一模一样的钢笔。那是他把 26 束格桑花的故事发在助学联盟网上后，热心的网友自发组织捐赠的。

◀ 最后的箍匠

箍匠，就是箍盆箍缸箍碗碟的，常挑一副担子，前后各一个箱子，箱子里盛着轱辘钻、小锤啥的工具，一边晃晃悠悠走，一边嘴里吆喝着："箍盆——箍缸唻——""唻"字尾音拖得特别长，能传很远。箍匠每天穿行于乡间大街小巷。等有了营生，在大街上靠墙根处支一个摊子，膝盖上压一块发黑的黄油布，叮叮当当箍家什。

我堂嫂的父亲就是一个老箍匠。大爷个身很高，下巴上留一撮白胡子，鼻梁上架着一副老花镜，一条镜腿用黑胶布绑着。后背上搭着一根旱烟袋，那烟袋杆子也不知是什么木头做的，已经被磨得油光发亮。大爷背有些驼，走路挺快，不像是七十多岁的老人。听堂嫂说，大爷从十几岁开始，干这营生都快60年了，是我们这一带最后一个箍匠。早年，大爷挑着担子走村串巷，箍盆箍碗地吆喝，靠着这副担子，养活一家老小。儿女们都陆续成人，大爷一个人在家过，堂嫂便要大爷到家里来养老，大爷死活不肯，终因不小心跌了一跤，伤了筋骨，这才到堂嫂家养伤。

几个月后大爷便痊愈了，嚷嚷着要回家，说人家的金屋银屋不如自己的茅草屋，况且自己还能动弹。堂嫂知道，大爷是舍不得那个多少能给他进俩烟钱的老挑子。堂嫂放心不下，高低不让大爷回去。大爷很郁闷，茶饭不思，小酒也不喝了，跟堂嫂赌起了气，老小孩似的。堂嫂拗不过，便想了个折中的法子，把大爷那副担子拿来，在自家门口支个摊子。村里上了年纪的，纷纷把破损的家什拿来让大爷修补。

我第一次见到大爷时，他正在堂嫂的家门口修补一口缸，大爷眯缝着眼，来回拉着一根钻炳磨得黑亮的钻，那钻在大爷手里灵巧地转着，碎屑飞扬，几分钟功夫两个眼便钻好了。大爷拿出一根铜笆子，对齐眼摁上，摸出一柄小锤，轻轻敲打着，然后笆子上抿上石膏，来回抹平。大爷歪着头，来回端详一番，脸上的表情看着挺满意的。大爷干得很仔细很卖力，堂嫂让他悠着点，不差这会儿。大爷隔着镜片，眼一瞪，说："说的啥话，人家送来这些家什让咱修，是看得起咱的手艺，咱就得麻利地给修好，不能让人家等急了。"日落时分收工了，大爷撑着膝盖想站起身，站了几次都没站起来。我赶紧扶了一把，大爷这才趔趔趄趄站起来。大爷很高兴，晚上非要和我喝一口。大爷、我、堂哥三个人就着几个小菜喝酒，你一口我一口喝起来。大爷一边喝，一边歪头看一眼堆在门口的那些修好的家什，目光像在看自己最痛爱的孩子。大爷端着酒盅，乐呵呵的，白胡子一颤一颤，很有节奏，小酒喝得滋滋有声。堂嫂说："你大爷修了家什，人家给钱，他死活不要，说都是乡里乡亲的。再说现在不是早年了，谁家还差那俩钱，你们找我，让我的手艺有了用武之地，是看得起我，说明我还没老到一点用不中。"

我第二次见到大爷是在一年后，那天他独自坐在堂嫂家屋檐下晒太阳。我热热地叫了一声："大爷，没忙啊？咋舍得停下了？"大爷懒懒地说了一句，大侄子，来了，便不再言语，没有了第一次的热情。堂嫂悄悄告诉我："你大爷忙活了好些日子，来修补家什的越来越少，这几天正没活干。你想啊，现在年轻人新家什都用不过来，真正需要修补的能有几户？你大爷正为没活干郁闷，这茶不思饭不想，小酒也不喝了，急死我了……"

堂嫂正说着，在城里上班的侄子回来了，带回来一些锅碗瓢盆家什，说他厂子的那些同事听说我姥爷是箍匠，就托他带来给修补修补。大爷一看那些家什，顿时两眼放光，边接过那些家什端详，边说连城里人都要他一个糟老头子给修家什，这是多大的面子，他得抓紧修。

第三次见到大爷是距离上次几个月后。那天，大爷在堂嫂家屋檐下坐着，嘴里一个劲地念叨："这小兔崽子，咋还不回来把这些东西拿回去，这不耽误人家用吗？"原来，大爷早把那些家什修好了，可孙子迟迟不见人影。

中午在堂嫂家吃饭的时候，侄子终于回来了，还顺便带回来几件破损家什。老爷子一番盘问，才知道侄子是出差了才回来。侄子劝大爷不要太累，保重身体。老爷子眼一瞪："咋了，你姥爷我就这么不中用？"说话的时候下巴上的白胡子一颤一颤，侄

送你一片红叶

子赶紧吐吐舌头，满脸堆笑，说："那是那是，我姥爷是谁？那是走四方的老箍匠，名头响当当！"

大爷脸一拉，说："真想孝敬我，你就多拿些坏家什来，别让我闲着就好。记住，千万不要收人家的钱，我可是说了免费维修，别坏了我的名声，让人说我言而无信！"

我第四次见到大爷是在医院的病床上。原来，大爷那天加班加点地修补那些家什，活赶得太急太累了，还差最后一把壶就完工了。大爷刚一起身想去方便一下，一头栽倒在地。堂嫂赶紧拨打了110，送到医院急救，一查是脑溢血。

大爷被抢救了过来，说的第一句话就是："还有一把壶没修好，对不起人家，你跟人家说好，等我一出院就给修理明白。还有别忘了再回来的时候再带些给我……唉，要是你们能接过我的班，有会修修补补的人就好了……"

侄子送我出来，走到医院门口，侄子说："小叔，你知道吗？我带来的那些家什，都是我到废品收购站买来的……我姥爷修好的那些家什，现在都一件不少地在我家地下室躺着呢。"

几天后，大爷去了。送葬大爷的那天我也去了。堂嫂在大爷坟墓的一角埋了十几样待修的家什，连同那些家什埋下的还有那副已裂了纹的箍匠担子。

◀ 会讲故事的脚印

　　小城近来出了一件怪事，有个矮个子、满脸疤痕的男人，天天拿着手机，在小城大街小巷，边走边拍路人的脚印。

　　要是当警察的这么做不足为奇，可问题是这人既不是警察，也不是法院、检察院的，姓什名啥？什么来路，没人说清楚，只隐约听说他住在小城一个高档宾馆。谁要问他拍脚印干什么，他一准会两眼空洞，茫然地看着你，仿佛自言自语，又像在回答你："我干什么了？我没干什么吗？"

　　眼下人人都忙着赚钱，赚更多的钱，谁还顾得上管这档子闲事？不说这个了，且看他拍了以后都干啥。既然这人无名无姓，为了叙述方便，我决定给他起了个临时性名字叫子虚。

　　且说子虚将拍摄的脚印带回旅馆后，便把自己关起来，拿一副放大镜，眼皮一眨不眨，逐一研究那些脚印，神态极像是资深考古学家。这些脚印，有大有小，有肥有瘦……五花八门，灿若星汉。子虚不但能通过这些脚印中研究出主人的性别、年龄、体重状况，还能研究出主人的身份、地位以及财运、官运、桃花运……子虚每天晚上忙个不停，通宵达旦。

子虚时常对着这些脚印问个不停："我为什么要拍要研究你们？"没有一只脚印回答他。他隐约记得这些脚印好像对他很重要，又好像久违的老朋友。

这天晚上，子虚就着灯光，正不知疲倦地研究白天拍摄的那批新脚印。已经五更时分，窗外隐约传来附近村子的鸡鸣声。还有最后一个脚印就全部研究完毕，倦意早已爬上他的脸庞。坚持，再坚持一会儿，一会儿就好。鼓励自己不要睡着，他甚至用指甲狠狠掐了自己大腿根一下，一阵疼倏地传遍周身，他清醒了许多。

子虚对着这最后一双宽宽大大的脚印，投入全部的精力进行着研究。现在，他已经研究出这是一双男人的脚印，而且是一个有身份、有地位、有钱、有女人缘的男人。他个子矮矮的，肥头大耳，和《西游记》里的唐僧颇有几分相似。这时，子虚突然产生了一种强烈的冲动，想跟这双脚印说说话，啦啦他或它的过去、现在，还有将来——如果说每个人都有将来的话。

没等子虚开口，这双脚印先说话了，鼻音很重，很明显是个外地男人的声音。它告诉子虚，以下说的这些事都是绝对真实，有据可查的。

主人是一个不大也不小的领导，掌握着这样那样的权利，大事小情都事必躬亲，是公认的好领导。主人以前对自己要求很严格，严格得几近苛刻。谁的后门也不走，谁的东西也不收。可自从坐上第一把交椅，结交了那个女人之后，他变了，他开始需要大把的钱。他一改往日的做派，对送上门的钱财来者不拒，还以各种名目将国家下拨、单位收缴的钱打进私设的个人秘密账户，想知道那个账户的密码吗？附耳过来，听好了——就是那个女人的出生年月日……

子虚对脚印讲的故事里的事觉得有些耳熟，仿佛就在昨天，就发生在身边某个人身上。这个人不一般的熟，是谁？他想了又想，就是想不起来。旅馆的窗外，隐约传来此起彼伏的鸡鸣。他知道，天就要亮了。他想听更多关于这双脚印的故事，可脚印的讲述偏偏戛然而止，任凭他怎么央求就是闭口不谈。

他将手从手机屏上移开，闭上眼睛，默默回想着脚印讲的故事，他为故事里男人的浮华、堕落、占着位子乱作为而愤慨。他突然觉得自己既然知道了这双脚印的故事，就有责任和义务举报它的主人，把他给揪出来，揭穿他的真面目。他笑了，迷迷糊糊睡着了。

醒来，天已大亮，子虚径直去了小城纪委。那位接待他的高个子纪委干部认真做了记录，并留下住址和电话，临走还亲切地拍了拍他的肩膀，让他回去等候消息，一旦查实，即通知他来领取奖金。他连连摆手，说自己这么做完全出于一个公民的良知和责任，奖金就免了，自己不差钱。

子虚继续沿小城大街小巷拍脚印。

这天，他正在旅馆的客房里研究刚拍的脚印，几个人推门进来。他认出，其中一个高个子是接待他的那个纪委的人。他很激动，说："这么快就有眉目了？你们太客气了，我都说了我不差钱……

你们要是硬给也无妨，通知一声就是，何必劳你们大驾亲自送上门来？"

子虚正客套着，高个子一脸严肃地说："张副市长，我们是纪委的，跟我们走一趟。"

子虚懵了，大声嚷嚷着："你们一定搞错了，我不是张副市长，我是谁我都不知道……"

高个子说："张副市长，你说的脚印的故事经我们调查，是真实的。N市纪委盯你很久了，被你逃脱。走吧……"

"我是张副市长？我怎么不记得？我都做了些啥？"子虚挣扎着，嚷嚷着。

"张副市长，你不记得自己是谁很正常。你之前也曾经是个有作为的好干部，可你后来腐败变质、作风糜烂、严重违纪，一年前，东窗事发，你仓惶携巨款潜逃，一个月前你易容发生事故，导致大脑部分失忆，你只记得你做过的那些事，不记得自己是谁，来自哪里。这就是你听了脚印的故事觉得有些耳熟的原因。还有，你说的会讲故事的脚印的事，完全是你臆想出来的，你的手机里根本一只脚印也没有，因为你的手机拍照功能早已发生故障……你不要担心失忆的事，我们会帮你慢慢治疗，直到你恢复全部记忆……"

子虚懵懂着，脑子里像灌了一盆浆糊，耳朵嗡嗡响，纪委的人说的那些话他一句也没听清。

◀ 栗子熟了

张三正在家里往腿上贴膏药。

张三捶着腿，一双凹陷浑浊的眼睛，不时地望一眼天上。天正蓝，有白云飘过。

"三春不如一秋忙"，说的就是眼下时节。

咳咳咳——

里间传来一声紧起一声的咳嗽声。老婆阿花躺在炕上，哮喘病几年了，常年吃药打针，一动弹就喘不过气来。

张三端着一个黑乎乎的药罐子，一瘸一拐地到了院子，给老婆熬药。

正忙着，忽然邻居王五隔着墙头说："张三，我刚才隔着一道梁看见你家的栗子园有一群人打栗子，他们也不知什么时候来的，还开着小轿车。你快抽空去看看吧。"

张三心里一紧，拿罐子的手抖了一下，差点把罐子砸了。

这些人！这些人！真是的！真是的！张三搓着手，团团转。

这两年，城里闲人多了，每到收花生、栗子的时候，有的人打着乡村游的旗号，开着车，骑着摩托车、电动车，进山捡栗子。有的眼看着人家还没收，就去捡落在地上的光栗。更有过分的，直接上树噼里啪啦打栗子。

这是明抢啊！山里人见到这样的"游客"就发憷，防贼似的盯着。

张三又着急，又无奈。

张三拍着自己残疾的腿恨恨地说，都是这该死的栗子给闹的！凹陷的颧骨上，皮肉绷得更紧了。

张三的腿是那年上树打栗子，从树上掉下来给摔折了，成了半个废人。

要不是这个缘故，他家怎么可能从小康人家一下子跌入地狱，摇身一变，成了村里建档立卡的贫困户？

除了在外上大学的女儿，一家人三口，两个病秧子。一到打栗子时，张三就犯愁。求人帮忙，可庄户地里，活忙的时候，你忙，谁家不忙？好吃好喝伺候，想找个人帮忙都难。

张三想把那几十棵栗子树盘出去，可又不舍得这些"摇钱树"。

眼下一听有人偷打他家的栗子，张三心里那个急，简直像一只热锅上的蚂蚁。撅着屁股蹲在地上，抱着头，唉声叹气，眼圈子红得像抹了辣椒油。

王五看他一脸愁苦相，叹了口气说："张三，要不你再找找'红衣书记'，让她找人帮着把栗子下了？"

王五说的红衣书记，是县里来的一个女干部，是他们村的挂职书记。二十七八岁，喜欢穿一身红，村民都叫她"红衣书记"。张三是她的包联对象。

张三一听，急了，连声说："那怎么行？那怎么行！人家刘书记这一年多来送医送药、送米送面，还捐款捐物，为咱家帮的少吗？穷家大窟窿，填不饱啊。要为几个栗子的事麻烦人家，我这张老脸往哪搁？算了，抢了就抢了吧，倒霉的事我认了！"

张三嘴上说算了，心里却想，不行，得去看看，哪怕捡几个别人打了漏下的栗子也好，多少给老婆、闺女煮了，尝个鲜！可千万别一个都不给剩啊！

摸了拐杖要出门，呼啦进来一群人，抬着鼓鼓囊囊的尼龙袋，领头的正是刘书记。

张三愕然了，结结巴巴地说："刘书记……这……这是？"

"大叔，大伙来给你家下栗子，怎么，不欢迎？"刘书记放下尼龙袋，一边扑打着褂子上、喇叭裤上，还有辫子梢上粘着的尘土与草叶，一边打着趣，做出扭头要走的样子。

"哪能呢！哪能呢！"张三红着脸，忙不迭地说。

后边的人都笑了，赶紧忙着卸车，抬的抬，提的提，一通忙活，把栗子搬进院子里，在墙角处堆成一座小山。

"刚才王五说的抢栗子的那帮人原来是你们？哎哟，吓死我了，没想到没想到啊，快坐，屋里坐！"张三说着，一瘸一拐去拿板凳。

无意中，张三看见刘书记圆圆的白皙的脸上划了一道道血杠杠，心里咯噔一下，嘴巴张着，红着眼睛，半天一句话也说不出来。

"孩他爹，快给刘书记他们烧水煮茶，再把光栗子煮了，让大伙尝个鲜！"老婆在屋里听了，隔着窗子吩咐着。

"好好好，这就煮。"张三一边说，一边烧水煮栗子。

"大叔，别忙乎了，我们带着水刚喝过。"刘书记说着，进屋看了看阿花，出来时对张三说，"大叔，我刚才看了，你家的栗子树品种有些老化，等明年开春我让林业专家来给嫁接一下，换上早熟品种。这样既能提高产量，又能提升品质，到时候咱们的钱袋子也就鼓得饱饱的……"

"好好好，劳您费心了。"张三点着头，一脸的眉开眼笑。

刘书记走了。

可栗子还在炉子上的铁锅里咕噜咕噜响着。

张三拄着拐，站在家门口，出神地望着远去的小车，甲壳虫一样消失在村前的路上，眼睛润湿了。

张三收拾碗筷时，发现一只碗下压着厚厚一叠百元大票，上面有一张纸条，写着——

"大叔，这些人都是我的亲戚。这五千元钱是他们的一点心意，您收好，给嫂子买点好吃的。卖栗子的事您放心好了，我微信朋友圈里的朋友都提前预定了。您只管把栗子剥好，到时我来车拉，不急……"

张三搓着手，自语着："水都没喝一口，还这样，这怎么行，这怎么行？"泪花在眼里闪闪着，打转转。

"孩他爹，出味了！"

"什么出味了？"

"栗子，栗子！"

"噢噢噢，出味了，出味了！"

张三趔趄着过去，将锅盖猛地一掀，一锅红红的、圆圆的、乒乓球般大的栗子，正咧着黄黄的嘴巴笑着。一股浓烈的栗子的香甜气息顿时扑鼻而来，刹那间弥漫了整个小屋。香味飘荡在这个洒满阳光的农家小院，一直飘向村子的大街小巷。

张三慢慢嚼着栗子，嘴唇哆嗦着，醉酒似的，喃喃着："秋天，真好！秋天，真好啊！"说着，说着，泪水潸然而下。

◀ 会"骗人"的老师

那年，我在月亮湾学校上初二。地理是我的瘸腿学科，考试几乎没一次及格。你想，地理那么多概念、数字、原理要记、要理解，多费劲，而我天生不喜欢死记硬背。但这并不妨碍我对地理学科的兴趣。

秋季开学，地理老师退了，新换了一位年轻老师，姓门，三十不到，长相有些滑稽，矮个子、光头、大脑门。听说他特会教学，我们都对他很期待。

门老师第一次上课，就让我们着实吃了一惊：课堂提问，他居然能叫出他提问的同学的名字，而且还时不时来一句趣话。比如说我——刘嘉依，门老师说，这名字好啊，"非常6+1"，好记、好玩！全班同学被逗得哈哈大笑，我也忍不住笑了。这老师果真有两下子，我想。

可是，之后的一节课却让我大跌眼镜。课堂上，我正把玩地球仪，无意中发现一个课本上没写的问题便问门老师。没想到，门老师听了之后却说："这个……我也不太好说，你课下查查资料看看。"我猜测他八成不会，我很失望。课后没费多大功夫就找到了答案，那个问题并不很难。第二节课，门老师问我弄明白没？并要过练习本查看。他仔细地看完，点点头，很满意的样子。这让我很怀疑，还老师呢，比学生强不了哪里去！

还有一次，门老师讲完新课，有一个问题我没弄不明白，问他。他解释了一遍，可我还是如坠云里雾里。他好像没有了耐心，要我课下完成课本上那道相关的"活动题"，到时要还不会再找他。这类题实际上没几个同学真的去找材料做演示，我一次也没有。老师的态度让我很失落，心里嘀咕连耐心都没有，什么优秀教师！隔一天上课，门老师问我，我就把答案说给他听，他拍拍我的肩膀，说，这不，不用老师说自己也能搞明白！我拿眼斜看他，本来个头不高的他越发矮小了。

几次三番，我不仅对门老师的能力产生怀疑，更对他的教学态度不满。一个老师，时不时被学生问倒，有问题动辄让学生自行解决，这太不像话，简直误人子弟！

"换老师！"

想法一出，没想到，班里几个同学一拍即合。那个中午，我们一起去了校长室。

校长坐在躺椅上，戴着老花镜，就着正午的阳光看报纸。他静静地听我们说完，摘下眼镜，久久地看着我们，微笑着说："你们主动反映问题，很好！你们看这样好不好，你们就这样学下去，要是期末考试你们班的成绩还不好，或者不如以前，那我就答应你们的要求。"

"真的？"

"真的！"老校长坚定地说。

我们装作无事地回到教室。因为多了一份心事，我不敢正眼看门老师，只埋头学自己的。

期中考试，我的地理成绩破天荒考了八十分。更让我们吃惊的是，我们班的地理成绩平均分年级第一。我固执地认为，那都是门老师的"不会"逼得我们不得不自学的结果。

期末考试，我们班的地理再次夺得年级第一，我们又兴奋又纳闷。当看到别的班级的同学都羡慕我们的地理老师时，我们隐约觉得说不定门老师教学真有一套，可我们却感觉不到。

寒假前，我们找到校长，请他暂时不要更换地理老师，再"留班察看察看"。老校长哈哈一笑，说："我早料定你们一定会改变主意……好，我答应你们！"

没想到的是，新学期开学，门老师没有出现在我们的讲台上，他被县教育局调到教研室当教研员去了。我们心里都有些失落。

初三开学，学校举办教学开放周，教师的教学材料面向学生和家长开放。在"教师精品教学反思"展台前，我无意中看到门老师的名字，心里一阵激动，赶紧打开浏览，我被里面的一篇教学日记吸引住了——

"今天，刘嘉依问我一个问题，答案是……我故意没告诉他，因为我早就从以前的地理老师那里知道这孩子有个缺点，不喜欢背东西，也不爱动手。可'饭来张口，衣来伸手'的'填鸭式'

的教学只会助长学生思维的懒惰！让他自己去搜集资料，去寻找答案，就是为了培养他动手实践和探究问题的能力……"

天哪，原来门老师是故意这样做的，而我们却天真地认为他啥也不懂！我只觉得脸旁有盆火在炙烤着。

这样的日记在门老师的本子上还记了数篇……想起那些门老师"教学不怎么样"的议论时我才知道，不少同学都曾神不知鬼不觉地上了老师的"当"，被门老师"骗"过。

我被门老师独特的"骗技"深深折服了，一种幸福感油然而生！

很多年过去，我始终不能忘记曾在月亮湾学校教过地理的那位光脑门、大额头、小个子的门老师，多想再当一次他的学生，再用心品尝一次被他悄无声息地"欺骗"的那种小幸福、小甜蜜。

◀ 最好的奖品

那年，我上初中二年级。说真的，我不是老师眼里的"好学生"。一管不住自己，调皮捣蛋；二不认真学，成绩平平。班主任赵老师多次找我谈话，家长也被数次"请"进学校。招数使尽，可都不怎么奏效。老师们见了我都大摇其头，那意思很明白——这孩子脑袋瓜挺灵，咋就不上进呢？

初二下学期的一天，赵老师把我叫到办公室，交给我一项特殊任务，授权给我让我当"小先生"，收一个"徒弟"——帮助那名成绩下下等的男生，并许诺说，要是中考我这个"徒弟"能考上高中，老师就送给份奖品，一份从没有见过花钱都买不到的奖品。我很好奇，忙问啥奖品这么贵重？赵老师脸色一沉，神秘兮兮地说："暂时保密，到时你就知道了。"我居然很高兴地接受了这个任务。

"徒弟"就在我的座位后边，和我差不多的坏毛病，一样不守纪律，要说我比他强一点的地方就是学习稍好那么一小指。班上那么多学习比我好十倍百倍的，老师咋单单相中我和他结对子？这让我颇感意外，同时让我有些小激动，觉得老师没小看我，信任我。决不能给老师丢脸！我对自己说。

我开始郑重其事地帮教我的"徒弟"。他上课玩小动作弄出动静被我听到了，我会用胳膊肘往后捣一下桌子提醒他；他作业不做，我会找他问个究竟；他欺负哪个女生了，我会问他，假如她是他的姐姐妹妹他会这样做吗？……诸如此类的镜头，几乎每天每时都在上演着。我俨然成了他真正的先生，他则戏称我"山寨老师"。

"徒弟"开始并不把我的话当回事，还时不时顶撞我几句：你呢？你作业完成了吗？你没欺负小同学？你上课没开小差？你……一连串的"你"把我噎了个够呛。对他的不领情，我真想胖揍他一顿，可也让我看到了自己的缺点。的确，自身不正，怎能正人？我开始有意识地一点点改正那些不良的"闪光点"。渐渐地，"徒弟"噎我的情况越来越少，他自己也变得听我的话了。

期末考试，我和"徒弟"爆了个冷门。"徒弟"成绩提升了三个名次，我上升了八个名次。"徒弟"的家长是个体户，他爸爸高兴得不得了，特意给我买了一个高档文具盒。

怀揣对神秘奖品的好奇和报答老师信任的心理，我和徒弟各方面比着表现。你月考进了三个名次，我绝不能只进两个；你今天做了一件好事，我绝不少于两件；你被老师表扬了，我不能不受老师夸奖……就这样，"师徒"俩赶着趟进步。

转眼到了中考。班里杀出一匹黑马——我的成绩班级第一，成为全班三个被中师录取的学生之一，"徒弟"也顺利考上了一所普通高中。拿到录取通知书的那天，我几次想向赵老师讨要奖品。其实，我也只是想看看保密了一年多的奖品到底长得啥样子。几次话到嘴边又咽下去，赵老师好像全然忘却，只字没提。

几年后，我走上讲台，当了一名小学老师，"徒弟"复读一年被一所重点大学录取。

20年后，一次初中同学聚会，当年的班主任赵老师也在场。他早已退休，担任两个小学的校外德育辅导员。尽管满头白发，苍老了很多，但他精神矍铄，记忆力很好，还清楚地叫出在场的每一个同学的名字，说出当年的一些趣事。

见老师高兴，我忽然想起老师当年答应的那个神秘奖品，便走上前，故作一本正经地说："老师，您还欠我一样东西，都20多年了一直没给我……"

"老师欠你东西？！"我话一出，同学们都惊诧地看着我，刚才还热热闹闹的气氛顿时紧张起来。只有赵老师很平静，慢慢品着茶。

"我的确欠你一样东西，一件你盼了好多年的奖品。"赵老师微笑着说。他那慈祥的面容、微笑的嘴角，让我恍若觉得面前坐着的不是老师，是我的过世多年的父亲！

"您——难道您还记得？"我有些诧异了，老师竟然也没放下这事。

"当然记得，但这件奖品我20年前已经给你了。"

"我没有收到啊？"

"你仔细想想……"赵老师看我懵懵懂懂，不明就里的样子，停顿了一下，接着说，"你那张中师录取通知书不是最好的奖品吗？"

"是啊，那可是千金难买的奖品。"

"是啊，我们班多少人，考上中师的可就你和牛亚茹、王猛三个，可把我们羡慕死了……你就知足吧你！"

同学们你一言我一语地说着。

是啊，这的确是我今生收到的最好最珍贵的奖品，我岂能贪心不足蛇吞象？我笑了，在场的每个同学都笑了，赵老师也笑了……

"不过老师，我还有个疑问想请教您——"

"先别说，让我猜猜，噢，不用猜我也知道，你一定是说当年为什么偏偏选你当小刘同学的'小先生'这事，是吧？"赵老师肯定地说。

"神了，赵老师真神了，学生心里想什么您都知道。"我故作夸张地说。

"那年我这样做还有一个目的，就是你那时总管不住自己，我想通过让你当小刘同学的小老师，在督促他进步的同时，也好培养你的责任感和自我约束能力，达到双赢的目的。"赵老师停顿一下，说，"还有一件事你不知道，当时为这事我还跟你们的一位任课老师打赌，他担心你和小刘结对子只能疯玩成一团，学习纪律啥的会越来越倒退，但我坚信我的眼光。时间证明，我没看错你，你的确是个考学的好苗子。哈哈哈，我赢了，赢了……"赵老师爽朗地笑着，像个孩子，一脸的自豪与幸福。

我却心头一热，眼泪哗哗流下来，止也止不住……

◀ 神秘的女嘉宾

　　婚宴大厅披红挂彩，人声鼎沸，欢快的乐曲一首接一首在大厅里回旋。隆重而神圣的结婚仪式正在这里举行。

　　新郎身着笔挺的西装，满面春风。谁也不曾注意到，气质优雅的新娘的脸上不时掠过一丝神秘的表情，那种表情说不清是忧郁，是哀怨，是愤怒……

　　台下成百的嘉宾一边看着新郎新娘，一边吃着喜糖干粮，说笑着，指点着，偌大的婚宴大厅被浓浓的喜庆气氛所包围。

　　下面，请新郎新娘宣——主持人朗声说着，戛然而止。一个身穿红衣服的妙龄女子，手里捧着一个用彩带扎的小盒子正款款地走上台来。她是谁？从哪里来？盒子里装着什么？女郎像是一块巨大磁铁把台下所有来宾的眼睛全齐刷刷吸引过去。终于露出狐狸尾巴了！新娘花容失色，狠狠剜了新郎一眼……

　　新郎和新娘是大学同学。三个月前，两人约好去海边照结婚照。新娘如期而至，新郎却姗姗来迟，且衣衫不整。新娘询问原因，新郎憨厚地笑着，一再说对不起。

好端端的天突然刮起大风，结婚照拍得很不顺利，新娘心里窝着一肚子火。接下来的相处，新娘发现新郎行为诡秘，几次背着她打电话、发短信，每次询问他都躲躲闪闪。女人的第六感觉告诉他，新郎肯定在外边有人了。

新娘很伤心，打算跟新郎吹灯。可新郎对家人有恩，那次老父亲出车祸急需输血，新郎二话没说挽起袖子，尽管没有输成，但新郎的举动深深打动了她的一颗心。可自从那次拍结婚照迟到这事出来后，两人的关系变得很微妙。刚刚，新娘拿定了主意，一结完婚就……

神秘女子走上台子，先是对着她和新郎各鞠了一躬，又朝台下鞠了一躬，然后小心翼翼地打开小盒子取出一盘光盘，款款走到播放音乐的电脑前将光盘插进去，刹时，电视上出现了一幅幅大海的画面：海浪冲击着沙滩，不少人在海滩上逐浪、拍照、戏耍，谁也不曾注意到，一个身穿黑衣服的女子正一个人朝着海里深处走去，海浪起伏，女子越走越远，即将被海浪吞没……海边玩耍的人这才恍然大悟，不好了，有人要跳海自杀！

说时迟那时快，一个高大英俊的男子从马路边奔跑过来，一边跑一边脱着身上笔挺的西装，扑通一声跳进海里，朝着女子游去。男子粗壮的两臂奋力划着海水，终于一点一点靠近了女子，女子一把死死抓住了男子。突然一个巨浪打来，把男子和女子卷进水里，淹没在隆隆作响的浪头中。岸上的人们大声惊呼，一颗颗心悬在半空。在随后赶来的海边派出所干警的帮助下，女子得救了，男子上岸后累得一下子瘫倒在地……

宾客们看到，光盘上的出现的这个女子就是这位神秘女郎，而救人的男子不是别人正是新郎官。

咔嚓，神秘女子退出光盘，用纤纤手指拢了拢鬓角长长的秀发，走到新娘面前，满含歉意地说："对不起，好姐姐都是我的错，是我造成了你们之间的误会……"

原来，神秘女子也曾有过美满的爱情，可就在结婚前夕，男友背叛了她，极度绝望的她产生了轻生的念头，于是就出现了光盘中惊心动魄的一幕。而这一幕，正巧被一个在海边学习摄像的中学生记者拍下了……

女子说她被救起后，仍然没能摆脱恋人背叛的打击，整天郁郁寡欢，轻生的念头始终在脑海里盘旋挥之不去。是眼前这位新郎官，自己的救命恩人得知情况后，一次次给她打电话、发短信鼓励她，让她重新看到了生活的希望，有了活下去的勇气……一个偶然的机会，她听说新娘和新郎闹起了别扭，心里很惭愧。得知今天是恩人的婚礼，她决定以这种方式来来当面解释清楚，深深地道一声对不起……

听完神秘女子的一席话，在场的人都向新郎官投去敬佩的目光，甚至有人喊新郎是"最美的新郎"。新娘眼含热泪神情地看着新郎，嗔怪道："你咋不早说清楚？"新郎憨厚地笑笑，说："不为别的，就怕你知道了担心后怕。"

"傻瓜，人家早就不埋怨你了。"新娘挽着新郎的胳膊，头偎依在新郎怀里，脸红得像一朵盛开的桃花。

噼里啪啦……啪啪啪……

来，干杯！干杯！

刹时，婚礼现场汇成一片欢乐的海洋……

◀ 袜子

    大蒜从小就是个马大哈，做事总是丢三落四的。大蒜兄弟三四个，小时候一个炕睡觉，早晨穿袜子，大蒜不是左脚穿了大哥的一只，就是右脚穿了二哥的一只，要不就是一只脚穿了自己的鞋，另一只脚穿了别人的鞋。

    大蒜结婚时闹了一个笑话。洞房花烛之夜，新娘小葱把自己的红鞋、红棉袜子放在炕前根下，早晨起来却发现少了一只袜子，怎么也没找到。小葱以为叫老鼠给拖走了，把老鼠洞都掏空了，没想到却在大蒜的脚上找到了，弄得小葱哭笑不得。

    大蒜穿错老婆的袜子的事总是隔三岔五地发生，小葱没办法，只好把自己的鞋袜和大蒜的单独分开放。大蒜终于穿不错老婆的袜子了。可那时困难，每人至多有一双棉袜子，尼龙袜子是绝大多数人连想都不敢想的事。大蒜虽然穿不错老婆的袜子，但又经常找不到自己的袜子，不是今天少了左脚的，就是哪天少了右脚的。

    那年，大蒜和小葱合计着在村里开了个小卖部，大蒜常去县

第一辑　往前走，总能走到春天里

城进货。大蒜穿袜子破得快，小葱只好给他买下三四双不同颜色的袜子准备着。可另一个毛病又出来了，大蒜经常穿错袜子，常常左脚穿的是黑色的，右脚却是灰色的，要不右脚穿的是白色的，左脚却是蓝色的。

那时城乡条件已经好转，穿尼龙袜子开始时兴。有一次，大蒜又穿错了袜子去赴宴，不小心让人看见了，落了好一顿笑话。大蒜虽然觉得没面子，但仍旧喜欢穿棉袜子，因为棉的穿在脚上既暖脚又舒服。

当然，大蒜也曾试着改掉自己这个颠三倒四的毛病，可都无功而返。小葱为此伤透了脑筋，万般无奈，只好给大蒜买下厚厚几大摞颜色、式样完全一样的棉袜子放着。

大蒜开了几年小卖部手里攒下一部分资金，进城办起了一家小规模的厂子。小葱舍不得村里的那个小卖部，自己留在家里守着小卖部。

大蒜在县城的生意风生水起，企业由小到大，他摇身一变成了响当当的老板。这期间，大蒜一直是城里乡下两头跑，和小葱过着牛郎织女的日子。为了保证大蒜天天穿着同一颜色的棉袜子，每次回来，小葱都早早准备好七八双同样的棉袜子让大蒜临走的时候带回去。

大蒜觉得穿棉袜子不舒服，是从招聘了一位女秘书两个月之后开始的。女秘书是个大学毕业生，年轻又漂亮，思想和她的穿戴一样很时尚很前卫。大蒜起初看不惯女秘书，但女秘书很能干，在接连陪他谈成几大笔生意之后，大蒜也就对女秘书另眼相看。

那天，女秘书第一次看到大蒜脚上穿着那些粗糙的棉袜子，听了大蒜关于袜子的那些故事时，嘴巴张成了一个大大的 O 型。大蒜觉得女秘书夸张时的表情很好看，心里第一次为自己穿那样的棉袜子感到难为情。

当天，女秘书自掏腰包给大蒜买来了尼龙袜子。穿着女秘书给买的尼龙袜子，大蒜觉得从没有这样的舒服过，那一刻仿佛自己年轻了许多。之后，大蒜就天天穿女秘书给买的尼龙袜，只是每次回去看小葱的时候，大蒜才换上棉袜子。大蒜每次从乡下回来，后备车厢里总是放着厚厚一摞棉袜子。可是，一到县城女秘书就将那些袜子像垃圾一样扔到大蒜的床底下。对女秘书的这一举动，大蒜总是睁一只眼闭一只眼。

大蒜提出跟小葱离婚是在一年之后。

大蒜为此做好了充分的准备，不管小葱提出什么条件他都会答应。可出乎大蒜的意料，小葱什么条件也没提，只平静地给了大蒜一只结婚时的旧箱子，并要他保证，不到万不得已的时候不得打开。

大蒜不久就和女秘书结了婚。新妻子给大蒜买了很多很多更高档的尼龙袜，大蒜穿着那些袜子觉得很美气，很有派头。

大蒜陶醉在新生活之中，早已忘却了床下的那只箱子。

天有不测风云，大蒜的公司货款被骗，公司面临破产，大蒜的秘书妻子卷走了公司所有钱财跟一个小白脸逃之夭夭，大蒜一夜之间变成不名一文的穷光蛋。彷徨无助的他也曾想到那个远在乡下开小卖部的小葱，可又没这个勇气。走投无路的大蒜决心以死了之。就在他失魂丧魄地爬上悬崖准备跳的时候，脑子里突然想起家里的那只箱子。好奇心阻止了他的这一举动，他决定看看那口箱子再死不迟。

大蒜踉踉跄跄返回家中，从床下拉出那只布满灰尘的箱子，打开一看，里面是厚厚一摞颜色、式样都完全一样的棉袜子。那些袜子都是同一个牌子——聚龙。他忽然想起，聚龙袜业的一则广告：聚龙棉袜，暖脚、暖心、暖人。

倏地，一股暖流袭上心头。

霎时，大蒜泪流满面……

大蒜不知道，这些袜子都是离婚前，小葱特意到镇上那家温州小商品批发城买的。

◀ 往前走，总能走到春天里

他是独子，曾有个幸福的家庭，父亲常年在外打拼，母亲居家照料家务，照顾他上学。他那时正上高一，学习成绩屡次年级第一，北大是他最心仪的目标。父亲的突然离世，犹如天塌地陷，让他和母亲跌入深渊。母亲痛不欲生，整日以泪洗面。丧父之痛，让他的内心失去了平静和安宁。他天天神情恍惚，学习倒退。

处理父亲的丧事和清偿债务让他家陷入清贫之中。为了供养儿子上学，母亲决定出去找份活干。几经周折，母亲找了一份在景区当清洁工的工作。那是一个 5A 级风景区，林木茂密，每天人流不断。母亲每天的任务是负责打扫从山门到山顶台阶上的树叶和垃圾。活看起来并不很累，但每天沿着几百级台阶走四五个来回，这对患有关节炎的母亲来说是个严峻考验。他很为母亲的身体担忧，就怕哪一天母亲出事。他曾生出辍学回家帮衬母亲的念头，可始终没有敢说出口。他的一颗心七上八下，总学不进去，成绩一退再退。

那是初冬的一天，双休日。一大早母亲便要他和自己一起上山打扫卫生，说这几天风大，树叶落的多，她一个人忙不过来。这是长这么大，母亲第一次主动吩咐他干活。

母亲在前他在后，母子俩推着小车扛着扫帚走向景区。那几百级台阶蜿蜒在山道中，如同一条蟒蛇。他发现，台阶上的树叶并没有像母亲说的那么多。俩人从山门开始，一级台阶一级台阶，一直扫到山顶。母亲今天的心情不错，和他不停地聊天。这是父亲去世后母亲第一次说这么多话，他有些纳闷。受母亲的感染，他的心情也似乎轻松了许多。母亲站在山顶的一块巨石旁，神情专注地望着巨石下的山坳发呆。他很纳闷，担心母亲想不开，赶紧趋前一步。母亲对他微微一笑，抬手指着山下。顺着母亲的手指看去，那里视野开阔，有一大片树木，树叶落尽，光秃秃的一片，没有了夏日的生机与活力。

母亲说："别看现在那里一派萧条，等熬过了深秋和严冬，来年春天又会发芽吐绿，这里又将是最美的一处风景。这人啊也是这样，咬紧牙关，挺住，往前走，总能走进春天里。"他注意到，母亲说这话的时候像换个人似的，目光深邃、表情刚毅。

"往前走，总能走进春天里。"回味着母亲的话，他恍然大悟，母亲是借帮她打扫卫生之名故意说给他听这番话的。他并不知道，就在几天前，他的老师找过他母亲。那一刻，他心中萌生出一股巨大的热流，他知道自己该干什么。

回校后，他发奋学习，分秒必争。每当成绩一时不如意或情绪波动的时候，一想到母亲的那句"往前走，总能走进春天里"，心中便生出无穷的力量和希望，如一盏明亮的灯照耀着他，引领他夜间前行的路。一个学期后，他的成绩再次跃居全年级第一。

两年后，他如愿以偿，考取了北京大学，成为母校建校以来第一个北大生。

四年后，大学毕业，他放弃读研读博的机会，顺利找到一份工作，开始赚钱养家。可母亲始终不肯辞去那份景区清洁工的工作。

在单位，领导对他这个北大高才生高看一眼，寄予无限期望。可最初工作并不顺利，他开始怀疑自己除了能学习还能干什么，连领导交办的任务都完不好。他又焦急又羞愧，心里备受煎熬，情绪极其低落。

那个夏天，他歇了年假，回家看望母亲。第二天一大早，母亲让他和自己一起去景区清扫垃圾。母子俩和几年前那次一样，从山门扫到山顶。母亲再次来到那块巨石旁，指着上次让他看的那片树林。此时正值盛夏时节，那里满眼苍翠，景色宜人，凉风习习，阵阵松涛声送入耳鼓。这是他从没看过的浓绿，一种激动和震撼的感觉涌上心头。

"儿呀，还记得吗？那年初冬你来这里，树木凋零，一片萧索，你再看到了夏天，这里草木茂盛，重新焕发了勃勃生机和活力。这人啊也是这样，熬过冬天，走下去，总能走到勃发的春天和生机盎然的夏季。"刹那间，他理解了母亲苦心，再次鼓起勇气。

返回单位后，他认真反思经验教训，克服浮躁骄傲情绪，虚心学习，工作终于一点一点有了起色。他的能力得到领导的赏识和同事们的认可，不久他被提拔到中层领导岗位。照这样发展下去，前途不可限量。他开始有些自满和骄傲。

又是一个夏天。一天，还在景区干清洁工的母亲，再次把他带到山顶那块巨石旁，看着山坳里满眼的苍翠，耳听阵阵松涛声，母亲说："儿呀，还记得吗？我第二次带你来这里的时候正和现在一样，也是夏天，看到的也都是满眼的翠绿，可是你还记得第一次来的时候看到的是什么？树叶凋零，一派萧索，何等凄凉。这人啊，也会这样，在生机盎然的盛夏之后，前面有可能是风雪交加寒气逼人的严冬。你再看这些树多智慧，每一棵都抓住眼下雨水充沛的大好时机，努力扎根长粗，让自己长得更加茁壮，以便抗击未来的严冬。"那一刻，他的脸倏地红了……

以后的几十年里，他先后担任过局、县、市不同岗位的重要职务，曾一帆风顺、春风得意，也曾遭遇过风风雨雨、磕磕绊绊。但每当身处逆境的时候，他总想起母亲的那句"走下去，总能走进春天里"；而每当顺境的时候，他又总想起母亲的另一句"走下去，可能会走到冬天里"。他知道，人生也有四季，也有春夏秋冬轮回。但他一直记得母亲说的那两句话："往前走，总能走到春天里""走下去，可能 会走到冬天里"。

◀ 最后的来信

她一直觉得，他不是她的亲爹。

上小学的时候，放学了，别的孩子爹妈来接，总是先接过沉甸甸的书包，再热热地亲一下，然后让孩子坐在摩托车或自行车上搂着爹妈腰，一路春风地往家走。他却自顾自地推着自行车，让她自己背着书包，跟在后边走，走慢了还要拉一下脸：快点！看着别的孩子和父母有说有笑，时不时撒个娇，她心里别提有多羡慕。有时她也想对他撒个娇，可她不敢，她怕。她甚至无数次在梦中梦见自己坐在自行车后座上，紧紧搂着他的粗壮的腰，歪着头，高高兴兴地说着一天里班里发生的那些事，还有那些小秘密。有几次她幸福地笑了，醒来时泪水打湿了枕头。

上初中了，老师让每个学生要报一样特长，比如音乐、舞蹈、绘画、书法、写作什么的。她从小喜欢画卡通画，梦想当一名图书报刊的美术编辑，每天坐在宽敞明亮的办公室里，给堆积如山的书稿配插图。她回家告诉他想学画画，没等她说完，他脸一沉：

学什么画画，报田径，多练练胳膊腿的有用！她噙着泪水，看着他，希望他能改变主意，他却一扭头走了，只留下一个铁塔般的背影给她。她知道，在家里，妈性格懦弱，家里的大事小事都由他说了算。他的决定如同圣旨，圣旨一下，不容更改。于是，田径场上，每天都会有一个瘦弱的小女孩，扎在一群男孩子堆里挥汗如雨地训练跳高、跳远和长短跑，同学们都叫她"假小子"。有一次，她和几个男生掰手腕，结果那些男生个个都成了她的手下败将，因此她又获得一顶"大力士"的桂冠。她几次还把欺负班里女生的男生揍了个人仰马翻。其实，她不想这样，她知道自己明明是个女生，不是男孩子，她和其他这个年龄段的女孩子一样，喜欢穿衣打扮，喜欢跟男生同桌，喜欢有自己的小秘密。可是在班里没有哪个男生愿意和她同桌，甚至有些女生也不愿意。她很孤独也很渴望，她知道，这一切都是拜他所赐，是他的那个决定让她成了假小子、大力士。

高二那年，母亲因车祸走了。她痛不欲生，他却说，、人死不能复生，活着的要好好活。她恨他的冷酷无情，要不是需要从他那里支取生活费、学杂费，她甚至不想回家，不想看他一眼。放暑假寒假，她去了一家卖场当临时售货员。她的学业一如小学、实践段一样优秀，体育锻炼也没拉下。她长成一个既健康又美丽的大姑娘，走在路上，引来路人 99.99% 的回头率，那 0.01% 是偶尔擦肩而过的盲人。

高中毕业，她以优异的成绩考取京城一所名牌大学。第一个学年结束，她获得了一等奖学金。放暑假了她想早一点回家，把这个好消息第一个告诉他。可没想到却接到他的电话：别回来了，省点路费。语气坚决，一如当初他的那些决定，没有商量，不容置疑。放下电话，她哭了，哭得好伤心好伤心。她断定，他不是她的亲爹，一定不是，肯定不是，绝对不是！亲爹只有想孩子、疼孩子、爱孩子、照顾孩子。她牙一咬，整整一个暑假一也没回来。

大二暑假，他娶了一个女人，他打电话让她回来。她要打工赚钱，也懒得回来，爱娶谁娶谁。

大学一毕业，她在京城找了一份当美术编辑的工作，圆了自己从小的梦想。不久结了婚，他要来参加她的婚礼，她没答应。这么多年他都不关心她，不在乎她，这回何必假惺惺。

儿子出满月的那天，她家的门铃响了。邮寄员站在门口，递给她一封信，是他的。字迹歪歪扭扭，虫爬一样。

她拆开，里面掉出一张存折，上面的数额是三万伍仟陆佰捌拾元整。

信上写着：

"女儿，这么多年爹这是第一次也是最后一次给你写信。爹知道，你从小到大心里一直恨爹，恨爹不关心你不疼你，可是你知道吗？你三岁那年得了一场怪病，医生说，很难活过十五岁。可爹不信这个邪，爹看过很多通过体育锻炼，增强体质，提高免疫力而活下来的报道。爹不想失去你，爹才让你小学时候跟在自行车后面跑，初中报田径训练；那年暑假，爹在建筑工地打工从脚手架上掉下了摔折了一条腿，爹不想让你看了难过分心，是在工地上做饭的张婶同情我，她辞工照顾我整整三个月。你张婶心地善良，又没丈夫、孩子，我们才走到一起；你张婶回老家了，她没要爹的一分钱；这点钱是爹最后的积蓄，留给你。只要你过得好，爹也就放心了……"

　　她读着信，泪水潸然而下。她"扑通"一声，跪倒在地，哽咽着，如喷发的火山，喊着："爹——"霎时，一股殷红的鲜血从她紧咬的美丽的嘴唇上汩汩流出……

◀ 铃儿响叮当

．．．．．．．．．．．．．．．．．．．．．．

"四婶子，那个女老师又来你家了，快别忙了，赶紧回去燎水泡茶吧，可别慢待了人家，多好的一个人，你们家碰到她真是福气……"

燕燕的奶奶正在果园里忙活着摘苹果，邻居菲菲妈朝她喊道。

"啊？太好了，我正琢磨着她该来了，我这就回去。"

燕燕奶奶应着，手里越发忙活。她仰着头，围着一棵国光苹果树，瞅来瞅去，专挑那个最大、上色最好的苹果摘，直到箱子摘得满满的，都快放不下了，这才抱着箱子出了果园。将箱子轻轻放进停在路边的一辆半旧的三轮自行车上，抬手摘下头上的灰头巾，在另一只手上扑扑用力抽打了几下，几片粘在上面的苹果叶飘悠悠落下，顺手把垂在两边的白头发往耳后根掖了掖，骑上车子就往回赶。

别看燕燕奶奶 60 出头的人了，可身子骨还算硬朗，说话做事麻麻利利，不拖泥带水的。只是和同龄的老奶奶们比，脸上的皱纹看起来更深更密实。这也难怪，儿子儿媳因车祸走得早，老伴患脑血栓，干不动沉活，出不了门，整天窝在家里。她一个人要照顾上初中的孙女的吃喝学杂费，还要照顾病秧子老伴，还有坡里、果园里的活哪样离了她能行？她是恨不得一个身子掰成两半来使，日子过得紧巴巴的。可也有让她高兴的事，就是孙女燕燕从小懂事，学习一顶一得好，光得的奖状就贴了满满一西墙，看着就叫人欢喜。

要说最让她犯愁担心的事，就是燕燕这孩子太懂事，心疼奶奶，几次要退学回家帮忙。初一下学期一开学，她竟然没去学校，赖在家里撵都撵不去，气得她眼泪呱嗒呱嗒掉。要不是班主任赵老师找上门，小丫头可能真的不去上学了。那样的话她哪还有好前程？我咋对得起她死去的爹娘？

燕燕奶奶心里想着这些杂七杂八的事，一走神，车子一个颠簸，差点把她从车上颠下来。她赶紧下意识地两手死死把住车把。

她脚下用力蹬车，脑子里却刹不住闸，又想到赵老师。喷喷，那可真是个好人。不光苦口婆心帮我把燕燕动员回了教室，还把我家的情况反映给学校，给燕燕申请了特困生补助。前些日子她又给联系了一家爱心企业，给燕燕每学期帮扶 500 元钱，这些可帮了我老婆子的大忙了。这还不算，赵老师还与我家结成什么党员"一帮一"对子，平时又送米送面、给燕燕买衣服，还帮我家老头子治病，请技术员来帮忙修剪果树，可为俺家出了大力了。

想到果树，燕燕奶奶扭头看了一眼车斗里的那箱苹果，箱口开着，一个个鼎鼎有名的国光苹果在阳光的照耀下，显得那么水灵好看。要没有赵老师，俺的苹果咋结得这么好。那一回，赵老师来俺家送东西，回去的路上淋了雨，不小心摔倒了，腿都扭伤了，车子也磕坏了。这些都是燕燕后来说的。想起这俺就心疼，就觉得过意不去的。赵老师待俺真是比亲娘还要亲，她的这些好，俺都一笔一笔记着呢。

就这么一边走一边想，一袋烟功夫，燕燕奶奶就到了家。院门外停放着一辆电动自行车，车轮上还沾着不少黄泥巴，后轮上的遮板少了半截。燕燕奶奶认的，那是赵老师的。她心头突地一热，赶紧放好三轮车，摸起两个苹果就进了院子，一眼就看见赵老师正坐在小凳子上，给燕燕辅导功课，好像看到多少年前燕燕妈给燕燕讲故事的情形。她禁不住鼻子一酸，眼泪差点流下来。

"她老师来了，那么忙，不用光来。"燕燕奶奶一边打招呼，一边将苹果洗好，拿毛巾擦了又擦，"刚摘的，你尝尝！"说着，也不管赵老师要不要，硬塞到她手里。赵老师笑着接过，轻轻咬了一口，说了声"甜，真甜，名不虚传"。燕燕奶奶听了，咧着嘴笑了。

赵老师这次来主要是给燕燕爷爷送药，她新打听到一个偏方，这不就趁星期天给送来了，还送来一个自动煎药的药罐子。她还想告诉燕燕奶奶，她家今年预收的3000斤苹果她都帮着从网上给找到买主了，而且价格美丽。

燕燕奶奶听了，眉里眼里都是笑，说："这下我可放心了。"她一遍遍地说着，"可这叫我说什么好呢，这说什么好呢……"

赵老师拉着燕燕奶奶的手，笑着说："大娘，你忘了？咱可是结了亲的，一家人，不用客气。还有，我是燕燕的老师，燕燕就是我的孩子。您老人家只要保重好身体，干活别累着就是我们晚辈的最大福气。"

赵老师拿过药罐子，手把手教燕燕奶奶怎样打开开关，怎样放药，药煎到什么火候最好，又现场熬了一副药，直到老人家学会整明白。

做完这些，太阳已到正午，赵老师要回去了。燕燕奶奶虽然心里过意不去，可并不强留，她知道，不论怎样挽留她吃饭，她都不会答应。她赶紧起身小跑出去，把车子里的那箱苹果搬出来，放在赵老师电动车的踏板上，一再坚持说带回去和家人好好尝尝。赵老师看了，笑笑，没有推辞。她返回屋里，叮嘱了燕燕几句，上了两上，才骑上电动车，叮铃铃，叮铃铃，朝着前面一条新修的水泥路驶去。

燕燕奶奶挥着手，眼里泪花闪闪，一遍遍喊着："闺女！路上慢点，慢点啊……"

回到屋里，看到饭桌上放着的 100 元钱，猛然意识到什么，赶紧跑出去追，那条光滑平坦的水泥路上哪里还有赵老师的影子，只听到隐约有"叮铃铃、叮铃铃"清脆悦耳的铃声，从远处传来，萦绕在耳畔，久久不散。

◀ 我只想做一天那个时候的你

那是一个春暖花开的上午，作家应邀到一所小学做写作讲座。那是一所袖珍式学校，坐落在城郊结合部。

作家很忙，曾拒绝过多个单位做讲座的邀请。但这次作家却例外，除了碍于校长是作家很要好的朋友的缘故，还有一个原因就是作家主要从事儿童文学创作，对儿童有着一种天然的亲近感。

报告厅正中，一张占了半个墙壁的黑板上，用红蓝粉笔写着"热烈欢迎知名作家来到我们某某学校"的大字。作家看着，点点头。

作家坐在讲台上，台下一百多个学生都是来自四五六几个年级。作家微笑着，温和地扫视着台下的每个学生，并且尽可能地停留一会儿。因为作家想尽量让每个学生都能感受到作家看到他了，对他笑了。作家知道，这是孩子们最渴望，也是事后跟别的小朋友说起时最自豪的一件事。作家了解小孩子的心理。

孩子们分排而坐。五六年级的学生人人拿个小本本，瞪大眼睛，生怕漏掉什么；四年级那排学生有的喊喊喳喳，兴奋不已。负责维持秩序的老师苦笑着说，孩子越小越不听指挥。作家说，没事，越小越率真。

作家没想到，一开讲就把学生吸引了进去。台下鸦雀无声，连低年级的小孩子都瞪大眼，张大嘴巴听着。吸引学生注意力的是作家跟学生深情回忆起他小时候那些好玩的地方、有趣的事，还有那一大群天天东窜西跑的玩伴。

作家说，他小时候，作家说到这里，拿手比划了一下，也就你们这么高的时候，没有课外书读，也没多少作业可做，更没有这班那班的辅导，只有大把的时间。那时父母也不怎么管，由着孩子们上墙爬屋、偷桃摘杏地折腾，半夜三更玩躲猫猫游戏。每当下午放了学，作家就跟一帮子玩伴又跑又跳地到田野里，到小河边，到大山里，尽情地玩啊闹啊，像一群下山的猴子。对，就是一群泼皮猕猴。

作家说，正是小时候亲近泥土，亲近小河，亲近花花草草，亲近大自然，才让自己有了对事物的敏感，有了丰富的想象力，这为他后来的创作打下良好的基础，云云。

作家讲得很投入，也很动情，台下静悄悄的，学生都被带进了作家的"小时候"。作家滔滔不绝，一口气讲了一个多小时。除了四年级有几个孩子打报告出去撒尿外，别的没有出去的。

讲座很成功，但作家意犹未尽，感觉应把话题延伸一下，于是作家临时增设一个互动环节。作家给学生出了一个现场作文题："我想……"

题目一出，台下立即沸腾起来。学生有把手举得高高的，有干脆站起来的，也有坐在那里喊叫的……作家很开心，点名让学生回答。

"老师，我想长大了当兵，扛着枪，多威风！"

"老师，我想让我妈妈给我买一件漂亮的衣服，还有好看的书！"

"我想让爸妈陪我去看海！"

"我想下次期末考试每门功课都考一百分！"

学生的回答五花八门，这都在作家意料之中。作家微笑着，看着那些孩子，认真听着他们天真率直的回答。

几乎每个同学都做了发言，就在正准备结束讲座的时候，作家忽然听到台下一声低微的声音，"老师，我……我想当一天那个时候的你！"说这话的是个矮个子小男孩，胖乎乎的脸、眼睛小小的，似乎比别的孩子要成熟一些。

作家微笑着，示意小男孩再大些声，重复一下刚才说的内容。小男孩红着脸，犹豫着，腼腆地大声重复了一遍："我想做一天那个时候的你！"

小男孩话一出口，别的同学都哄堂大笑。这个说，这怎么可能呢？那个说，你没梦游吧？

小男孩脸更红了，他梗着脖子，一字一顿、认认真真地说："我就是只想做一天老师那个时候的你！"

"为什么这么说？"小男孩的话引起作家的好奇。

"因为我已经好久好久没有爬过山，没有采过野花，没有爬过树，没有到河边看小鱼游泳、小虾跳桨，没有开心的笑，没有大声唱……"小男孩一口气说了一大串"没有"，并且在"好久好久"四个字上加重了语气。

"那你每天除了上学念书，剩下的时间都干什么？还有星期天节假日……"作家微笑着，身体前倾，聚精会神地听着。

"每天放学，我要做好多好多的作业。星期天、假期，爸妈给我报了好几个辅导班，有文化课，也有音乐、美术班，哪有时间出去玩？想到河边去玩玩，爸妈又怕危险……简直像坐牢似的！老师你们小时候多么自由、多么幸福啊！"小男孩越说越激动，小胸脯一起一伏。

"这……可我们那个时候缺吃少穿，买不起课外书，也买不起什么玩具……现在多……"作家说。

"不，我宁愿没有好衣服穿，没有好吃的好玩的，也愿意做一天那个时候的你！"小男孩坚持说。说到这里，小男孩眼睛红了，眼泪在眼眶里打转转。

"对，老师，我也想做一天那个时候的你！"

"我也想！"

孩子们异口同声地说。

这大大出乎作家的意外，"这……"作家不知道该怎么回答。

在场的几个老师也个个一脸的尴尬。

互动匆匆结束了。作家走在回家的路上，脑子里一直回想着"我只想做一天那个时候的你！"响着，响着，那声音居然汇成江河，奔流着，咆哮着……

第二辑

送您一片红叶

◀ 雨总有停的时候

　　张良是我众多学生中的一个，说实话，当时我并不看好他。没想到，十年后师生聚会，张良已经是一家大企业的老总，而我认为比较优秀的几个学生却都在他手下效力。张良的成长过程对我来说是一个迷。

　　席间，张良向我敬酒。他稳重大方，说话有条不紊、措辞得当，很有老总的气气度。

　　"张良，你是我教过的学生中最出色的一个，拥有那么大的公司，干着那么大一份事业，在老师看来你是很成功的学生，能不能说说，你是怎样一步步走到今天这个位置的？"

　　"很多人都只看到了我所谓成功的一面，觉得我很幸运，可很少有人真正想了解成功背后那些酸甜苦辣的故事，其实我的事业之路并不那么平坦，是三个电话改变了我的一生。"

　　"什么？三个电话？"我诧异了。

　　"是三个电话，我父亲的。"张良说着，轻轻抿了一小口酒，陷入了回忆之中。

"那时刚走出校门，我和李梦、赵刚三个人一起到了南方一座城市找工作。到了那里才知道，其实并不像在学校时想的工作那么好找。几经周折，我们一起应聘到了一家商业企业当业务员。很糟糕，三个人中我去的地方最差，工作不好开展，很长一段时间，我的业绩最差，每个月只有几万元的销售额。要知道，这样的业绩对一个业务员来说意味着什么。要命的是，我的那两个同学的业务开展得风生水起。我的心情焦躁不安，苦恼极了。

"那是一个雨天，跑了一天业务也没签下一份订单。晚上，我一个人在一家临窗的小酒吧喝闷酒，心里想要是明天还这样就辞职。这时，手机响了，是当教师的父亲打来的。借着酒劲，我把心中的苦恼一股脑地倒给父亲，父亲静静地听着。也不知过了多久，父亲问我，说完了？说完了。父亲说，外边正下雨吧？我说是。我很纳闷，父亲远隔千山万水，会怎么知道外边正下着大雨？'孩子，这人生就像这天，有刮风下雨的天，也有风平浪静的天。可不管雨多么大，总有停的时候……'父亲的话如醍醐灌顶，在我心里亮起一道闪光，照亮了我灰暗的一颗心。

"我重振旗鼓，第二天，信心百倍地汇入人流，找寻那不知躲在哪里的客户。老天开眼，这一天，我终于签下了第一份过十万元的大单。"

说到这里，张良再次轻轻抿了一口酒，笑了笑说："您看，老师，我竟对您说这些破事，让您见笑了。"

"哪里话，我很想听，那第二个电话是……？"

"您真的想听？"

我重重地点点头。

"从那以后，我的业务顺畅多了，收入也一天天好起来。一年后，我的那两个同学都相继被提拔为部门经理，可我仍在基层当业务员。我不理解，觉得公司亏待自己，老总没把自己看在眼里。我的心情再次陷入苦恼之中，人也开始懈怠，业绩出现滑坡。

"同样是一个阴雨天，我再次坐到那家小酒吧，还是那个临窗的位子。我独自一人喝着闷酒。这时，父亲的电话来了。像上次一样，我把苦恼一股脑地倒给父亲。父亲说，外边一定下着大雨吧？我说是。'孩子，这人生就像这天，有刮风下雨的时候，也有风平浪静的时候。可不管你有没有雨衣，也不管雨怎么下，你都不要停止自己的奔跑，因为再大的雨也有停的时候……'父亲的话如寒夜里的一道闪电，划破了我灰暗的心灵的夜空……这以后不长时间，我被公司提拔当了总经理助理，我的事业由此开启了新的一页。"

说到这里，张良轻轻抿了一小口酒，没等我问第三个电话，他接着说了下去。

"这第三个电话是在三年前，那时我已经是总裁助理，在公司我的位置已是相当得高，我开始孤傲起来。时间一长，我感觉朋友越来越少，很多人对我都敬而远之。就连非常要好的一同出来打拼天下的那两个同学也与我貌合神离。我的心情再度跌入无底的深渊。

"又是一个雨天，我又一次坐在那个不起眼的小酒吧，坐在那个临窗的位子，孤零零喝闷酒。望着斟满酒的杯子，我却无法咽下。窗外的雨越下越大，大颗的雨点砰砰砰敲打着屋檐下的水桶，仿佛敲打着我的一颗心。

"这时，父亲的电话又来了。和上两次一样，我把苦恼一股脑地倒给他老人家听。父亲说，外边还在下雨吧？我说是。'孩子，下雨天总会有人没带雨伞。这时恰好你手里有雨伞，你要学会和别人共打一把伞……因为雨再大也有停的时候……'这以后不长时间，我被公司提拔当了总经理。两年后，我坐到老总的位子……"

张良的三个电话让我陷入了沉思。

从酒宴上回来，我的步子迈得很轻松，因为我想早一点告诉我的那些在读的学生，告诉那些还在求职路上身陷迷茫中的人们，不管遇到什么困难，都要坚信雨总有停的时候。

◀ 送您一片红叶

　　赵主任正低着头在校园里走着，边走边想心事。初冬来临，不少风景树的树叶变成五颜六色，有的变成火红，有的变成金黄，也有的半黄半绿，色彩斑斓，如同一幅泼墨画。优雅的校园因为有了这些天使般树叶的装扮更加美丽迷人。炫目的色彩吸引了很多同学、老师课下闲暇时间驻足树下、仔细观赏，就连从校门口走过的路人也都伸长脖子看一眼那些树叶。

　　可是这几天，一种不和谐的音符掺杂其中，如同流感一样，悄悄在校园里流行。不少原本好看的树叶不见了，让有心观赏者生出些许惆怅和失落，也生出不少牢骚和怨言。

　　不用说，一定是那些调皮捣蛋的学生给偷偷摘走的，老校长反复观察后得出结论。不行！这种不文明行为不能再任其蔓延了，必须赶快设法制止，一定要保护好这片招牌风景！校长向分管学生工作的政教主任赵主任下达了死命令。

　　赵主任是个温和型的人，他不想为这事在校园里弄得硝烟四起、草木皆兵。凭他的经验，攀折花草的往往不过那么几个人，要是找到这几个人好好教育教育也就行了。赵主任接连召开几次专题会，可屡禁不止。这让他很苦恼，走着坐着都在想着对策。

现在是中午时分，学生都在教室里午休。赵主任走在校园里，无意中一抬头，发现东北角的小枫树林有一棵小树的叶子在晃动，立即引起了他的警觉，这么时候该不是有谁摘树叶吧？他放轻脚步，悄悄靠过去，仔细一看，哑然了，是一只老猫攀着树追赶一只小麻雀。

神经质！赵主任自嘲地笑笑，走出小树林，靠近草坪墙角处那丛茂密鲜红的爬墙虎吸引了他的目光。正午明媚的阳光洒满整个校园，将无数片爬墙虎的叶子映照得更加鲜红动人，真是养眼啊！他下意识地朝着那片红走过去。猛然，有个人从墙角处一头钻出来，把赵主任吓了一跳。赵主任仔细一看，是一个个头矮矮的小男孩，从校服上看是初二学生。手里拿着一片又大又红的藤叶，看到他一脸惊慌，拿藤叶的手不自觉地往身后藏。

好啊，真是得来全不费工夫，总算逮着一个摘树叶的了，赵主任心里一阵狂喜。想起校长的严厉要求和这几天的辛劳，赵主任沉着脸，真想好好训斥这个学生一顿。可看到他胆怯的目光，赵主任脑子里顿时回想起自己上小学五年级时那次挨批的情景。那一次，为了抬水方便，赵主任顺手在校园里折了一根粗树枝，正好被老师碰到，不问青红皂白劈头盖脸一顿批，委屈得他一连两天吃不下饭。那是他一辈子都难以忘怀的。

谁没有犯错的时候？何况还是孩子。赵主任心里警告自己。

赵主任换了一副脸色，温和地问道："这位同学，在这里玩啊，巧了，我也是欣赏红叶的。"

男孩也许是看到赵主任不那么严厉，表情开始放松起来，可还是保持着警惕，低着头说："好看，可是……我……"男孩说着打住了。

"说说看，这么好看的红叶摘下干什么？带回去做书签？还是自己把玩？"赵主任和蔼地问道。

"老师，您……真的想知道吗？非要知道？"男孩看着赵主任。

赵主任微笑着，用力点点头。

男孩告诉赵主任，班里有个女同学和自己是一个村的，他爸爸在外地工作。他俩从小一起长大。自己家里穷，女同学经常送给他本子、笔什么的用，这让他很感激。两人都梦想将来一起上同一所大学，做永远的好朋友。可是，女同学的爸妈离异了，女同学判给了父亲，要跟着爸爸到很远的地方去上学，以后再也不会见到了。他伤心留恋，想送给女同学点什么留作纪念，可家里实在太穷，买不起啥好东西。女同学最喜欢红叶，男孩就精心挑选了一枚最红最好看的爬墙虎的藤叶打算送给女同学……

"老师，您……该不会说我俩是早恋吧？处分我吧？"小男孩看着赵主任眼睛里紧张地说。

赵主任为男孩的坦诚和懵懂的友情所打动，他脑子迅速思考着，该怎样回答这个问题。

"老师相信你们俩是纯真的，是美好的友谊，老师理解你，你做的很对，同学之间就要相互珍惜相互帮助。"赵主任说着，从男孩手里拿过那枚红叶。小男孩心里一紧，闭上眼睛。

"你摘的这枚红叶，你可以亲手送给你的那位同学。"

小男孩听到赵主任的话，连忙睁开眼睛，令他惊奇的是，赵主任手里居然有两片鲜红的红叶。

"老师，您……"小男孩诧异地说。

"老师也犯一回纪律，拿着，这枚红叶是我送给你的，为你的坦诚和对老师的一份信任，还有你们之间的同学友情。老师希望你能把这份美好纯真的感情永远珍藏在心底直到长大，好吗？"

男孩捧着两片鲜红的叶子，眼睛里闪动着晶莹的泪花。他没想到赵主任非但没有暴风骤雨地批评他，甚至给他处分，反而亲手采摘下一片红叶送他。

"好了，上课时间到了，把红叶收好。"赵主任轻轻拍了一下小男孩的肩膀说。

"老师，我走了，谢谢您！"男孩转身跑开，刚跑了几步又折回来。男孩气喘吁吁地朝赵主任深深鞠了一躬，然后朝初二教室跑去……

望着小男孩欢快的身影，赵主任脸上露出会心的笑容。他静静地久久地看着眼前这处红叶，眼前仿佛有无数团小小的火炬在燃烧，熊熊的火焰把初冬的丝丝寒意驱赶得无影无踪。

◀ "鬼火"
·························

那年，我在镇上上高中。高一时下学期，苹果花将开的时候，学校突然决定要砍掉男生宿舍前的一排果树。砍树的任务落在我们班男生身上。下午第二节课的时候，班主任说家住附近的学生都要回家拿工具，顺便拿下周的干粮，周六不放假了。我的名字赫然出现在这"附近"名单之列。

对班主任的这一安排，我一百个不情愿。因为说是"附近"，其实我家离学校最近的一条山道也足足有十四五里，何况中间要翻过一座山岭，岭上坟茔遍地，一座挨着一座，像现在人口密集的住宅小区。并且小时候常听人说坟地闹鬼的故事，还有坟地东一头西一头，四下游走的鬼火……想想就极恐。远的一条路要多出三四里，路边也有两三座坟。那时我没有自行车，来回全靠步行。怎奈班主任的话就是圣旨，不能不听。

一放学，我急急忙忙往家赶，生怕黑了走夜路害怕。屋漏偏逢连阴雨，那天天不好，阴着。没走多久天就彻底黑下来，还刮起了风，呼呼的。虽说"春面不寒杨柳风"，我心里却像结了冰。路上见不到一个行人，山路两边一丛一丛的棉槐，看上去像蹲着一个个披头散发的野鬼，随时会忽地站起来抓我，瘆得我头皮发毛。咬牙切齿想返回学校，可一想到班主任电光石火一样严厉的眼神，那股子退回去的万丈勇气顿时像扎了眼的气球。

我硬着头皮往前走，心扑通扑通跳得欢。天黑得像锅底，没有一颗星，就差摸索着走了。跌跌撞撞，总算走到那个再熟悉不过的十字路口。现在有两个选择：要么走坟地，路近，早到家；要么绕道走远路。犹豫再三，决定舍近求远。

我深一脚浅一脚地在山道上走着，眼巴巴看着村子里一点一点的灯火就在不远处，触手可及，可走起来却是那么的漫长，仿佛几十几百里之遥。我一边走，一边下意识地扭头朝坟地那条小道望一眼，又望一眼，老觉得有个心事。我知道，那都是少年时关于坟地的鬼故事听得太多的缘故。

也不知望了多少眼，忽然坟地方向出现一团火光：那火光呈线型，头、尾都是圆的，中间一条长线，忽明忽暗，忽东忽西，忽上忽下……游走不定。我的娘哎——鬼火！一定是鬼火！我头皮发炸，捂着眼，不敢往那边看，却又忍不住去看。更让我心悸的是，我快走，那团鬼火也快走，我慢走，鬼火也慢走。我的神经绷得到了崩溃的边缘。

快走！快走！

别看！别看！

我强制自己快走，几乎小跑着朝着有光亮的村庄方向走。脚底坑坑洼洼，好几次被小石头绊倒又爬起来，也顾不得打扑，光想着快到家。那情形，恍若行走在另一个世界。当我跌跌撞撞，咣当一声推开家门的时候，人都瘫软了，上衣都湿透了，一攥能攥出水来。

母亲显然没有防备，看我灰头土脸的样子，把她吓了一跳："小四……你……怎么回来了……没看见你爹？"母亲说着，往我身后望了望。

我很惊讶，问母亲："我爹？没有啊，他去哪了？！"

母亲说："你爹今下午天擦黑的时候去给你送干粮，到现在也没回来，我这不正寻思着出门去找找、迎迎。"

正说着，父亲推门进来了，嘴里含着旱烟袋，烟锅里红一下暗一下。屋子里顿时弥漫着香喷喷的烟草味。我从小爱闻烟草味，禁不住下意识地吸了一下鼻子。

"你上哪了怎么才回来？是不走两岔道去了？抽抽抽，就不能少抽点，呛死个人……"母亲一连串地发问说。

"还少抽点，亏了这锅子烟，我们爷俩才顺当地回家。"父亲说着，故意气母亲似的，吧嗒吧嗒，又抽了几口，然后将烟袋锅子朝鞋底下当当当，用力敲了几下，这才收起烟袋，插进腰间。

"什么亏了这锅子烟？你说明白点，别打哑谜。"母亲显然听出父亲话里有话。

父亲说："我下午到学校的时候才知道小四回家了。想着他从小怕走夜路，更不敢一个人走坟地，就猜测着他可能绕道走那条远路回家。本来我也想走那路，好快走赶上小四，又一想，不行，我还是走坟地吧。"

"你走的坟地？就你那胆敢走坟地？就不怕坟地里冒出个鬼把你拉住？别吹牛闪了舌头吃不得饭！"母亲揶揄地说。

"真的。"父亲没有笑，一脸认真地说。

"那咋不走小四走的那条道？"

"我这不是怕在小四后边走，万一弄出点动静来吓着小四，这才决定一个人闯坟地。"

"爹，你没碰着鬼火？我看见坟地那片有鬼火！"我心有余悸地说。

"鬼火？嘻！那是我给自己壮胆点的烟，我一路走，一路晃烟袋杆子给自己壮胆呢。"父亲又嘿嘿一笑说。

灯影下，我看到父亲后背的褂子也湿了一大片。

◀ 最后走的男生

期末最后一场考试还在紧张进行着，校门口的大路两旁，停满了各种各样接孩子回家的大车小车。家长们或坐在车里，或在大路两旁走来走去，或趴在校门口的栅栏上……一双双眼睛无一例外地望着校内，望着考场，望着……

叮铃铃，考试结束了。十几分钟后，几百名学生肩上扛着，手里提着鼓鼓囊囊的大包小包，表情不一地走出校园。旋即，宽敞的校门口被喧嚣、热闹和浓重的亲情所牢牢包围。

校门口西侧的角落里，站着一个个子矮小的男孩，背着一个大书包，宽大的背带深深压进肩膀，一手扶着一辆破旧的自行车，车上绑着一个用被花单装着被子的包裹，眼睛茫然地望着眼前喧嚣的人群。

"赵子龙，你怎么还不走啊？"

"不急，我爸爸说好了来接我。"那个在角落里的男生说。

"赵子龙，都快走光了，你咋还在这里？"

"没事，我姐说来接我，我在这里等一会儿。"男孩说着，赶紧低下头。

……

潮水很快退去，偌大的校门口顿时显得空旷无比。站在校门西侧角落里的男孩，眼睛里雾蒙蒙的，谁也猜不透他心里想什么。

男孩不知道，此刻，教他历史的郑老师正站在办公室的那个窗子前，默默地望着他。

男孩最后望了一眼校园，然后推着车子，沿着那条并不算宽的乡村公路，弓着腰，用力推着自行车，慢慢往西走去。也许是包裹太重了，也许是男孩力气太小，自行车很不听话，走起来歪歪啦啦，包裹几次掉下来，男孩只得重新停下捆住。

男孩正低着头吃力地走着，突然觉得车子轻了许多，走起来也稳当了。男孩很奇怪，扭头一看，顿时愣了，只见历史老师正一手推着一辆自行车，一手用力推着他的车子。

"老师，您——"男孩又纳闷又难为情地说。

"子龙，你的铺盖太沉了，我有事去赵家村，正好和你顺路，来，咱俩一块走。这样吧，咱俩换过车子骑，你骑我的，我骑你的。"郑老师微笑着，说着去推赵子龙的车子。

"老师，不用，我能行。"赵子龙推辞说。

"别说了，来吧。"郑老师说着，不容分说地推过赵子龙的车子骑上。赵子龙一边感激地看着郑老师，一边犹豫着骑上老师的车子。

赵子龙的家在村头上。赵老师换过车子，嘱咐他利用假期好

第二辑 送您一片红叶

好复习，争取下学期取得更好的成绩，然后骑上车子，很快消失在路的那头。

十几年后的一天，即将退休的郑老师正在办公室看报，收发室的老师给他送来一封厚厚的信。郑老师摘下眼镜，靠近信封仔细看着地址，这是一封来自一家名牌企业策划室的信。郑老师纳闷了：谁给的信？郑老师想了半天也没想出会是谁。他拿一把小刀，小心翼翼地切开信封的一端，先看了一眼落款，"赵子龙"三个字赫然涌入眼帘。

赵子龙？是他？郑老师脑海里浮现出很多年前他送赵子龙回家的那一幕，想起教他的那些日子……

那年，教初二历史的刘老师病了，学校让在教导处工作的郑老师接替教历史。在一次翻看学生作文时，无意中看到班上一个叫赵子龙的学生写的作文。得知赵子龙父亲病故，母亲改嫁远走他乡，赵子龙和爷爷奶奶一起生活。真是一个不幸的孩子。郑老师心里涌起一种异样的感觉，从此他开始有意无意地关注起这个其貌不扬，但学习特别勤奋刻苦的男生。

那次期末考试结束，郑老师站在办公室的窗前，透过那道铁栅栏，他无意中看到赵子龙正站在校门口一侧的角落，从他的举动中郑老师敏感地意识到这个孩子一定心里有事。那一刻，他想起了很多年前的自己，也是这样的学期末结束，父母离异的他扛着一大包被褥，一个人孤零零走在回家的山路上，那种心情……想到这里，郑老师眼圈红了，于是便有了他佯装有事去赵子龙前面那个村子，顺路帮赵子龙送铺盖的故事。不知不觉都十几年了，真实时间不等人啊！郑老师揉揉眼睛，慨叹道。

他开始从头展读这封信："老师，您还记得我吗……在那个凄苦的期末，看着别的同学的父母来接他们的孩子，那一个个温馨甜蜜的场面让我既羡慕又嫉妒，心里别提有多难过。那时我决定退学回家，远走他乡打工……后来我才知道，是您特意帮助我，您的一双温暖的手捂热了我的一颗冰冷的心，让我重新燃起对生活对未来新的希望……我大学毕业后，顺利找到了工作……"

读着这封情真意切的信，郑老师脸上露出幸福的笑容。他没想到，当年自己出于同病相怜，抑或是一个教师的天职，做出的一个小小的善举，却挽救一个孩子的心，成就了一个孩子的未来。他想起作家野莽说过的一句话：教书是一件多么危险而又多么幸运的事！他想对他的同事，对所有为人师者说，教师，不仅仅是一种职业，更应是爱的代名词。

◀ 麦苗花

"雅丽，你的这盆牡丹真漂亮，真不愧是'花中之王'！"

"这盆芍药谁拿的？还有这盆水仙、这盆菊花、这盆兰花，美死了！"

……

周一早晨，我刚走进教室，就听班花赵芊芊指着窗台上摆放的一溜盆花，大呼小叫地跟牛雅丽品头论足。

"哎——班副大人，你拿的什么花？嘘——先别回答，让我再瞧瞧，杜鹃，是杜鹃，没错！十大名花啊，够意思！"见我端着一盆杜鹃花进来，赵芊芊踮着脚凑上来，弯腰看着，吮吸着鼻子，表情极夸张地说。

"一盆、两盆、三盆……都二十多盆了，这下班主任该放一百个心了，学校最美教室评选，有了这些名花异草，冠军非咱们班莫属了。"赵芊芊信心满满地说，"怎么样班副大人？本小姐的号召力还行吧？"

"那是自然,也不看看你是谁啊?"我故意说,心里却说,"你就臭美吧你!"

上星期,班主任司马老师召开班会,传达学校"十佳最美教室"评选活动通知。每人捐一盆花迎接检查的点子就是赵芊芊先提出来的。

上午上课前,同学们陆续把花花草草带来了,有捐一盆的,也有两盆的,赵芊芊一人捐了三盆。教室的窗台、两旁的走廊都摆满了五颜六色的鲜花,整个教室芳香四溢,成了一个花的世界和弥漫着香气的海洋。

"咦?全班同学都争着捐花,怎么就牛雅茹一个人没带?难道连盆花都不舍得?太小气了吧,一点集体荣誉感都没有!"赵芊芊手里拿着捐花统计表,愤愤地说。这个赵芊芊嘴巴一向很厉害,平时没几个人敢惹她。

"谁说我没带了?"牛雅茹涨红着脸,眼睛瞪着,看着赵芊芊。她一转身,从后背上那个又大又旧的书包里,提出一个沉甸甸的塑料袋,咕咚一下,放到桌子上,说:"看看,这是什么!"说着,牛雅茹气鼓鼓地褪下塑料袋,一盆绿油油的麦苗赫然呈现在那里!

"咦?这不是麦苗吗?这算什么花?这不是给班里摸黑吗?别丢人现眼了。"赵芊芊揶揄道。

"是麦苗咋的了?谁说麦苗不能当花?"牛雅茹说,一张小圆脸因为过于激动而红得像熟透了的苹果。她眼睛红红的,一汪眼泪嘟噜着,在眼圈里打转转。

作为牛雅茹的同桌的我，实在看不下去了，便顶撞说："芊芊，你不要那么刻薄好不好？人家没拿花，拿来一盆麦苗装扮教室怎么不好？照我说，只要有这份心意就行了。"

赵芊芊气乎乎地哼了一声，一扭头，不再言语。

可我心里很纳闷，是啊，牛雅茹，就算你家没有好花好草，带什么不好，却偏偏带来一盆麦苗？也难怪赵芊芊说风凉话。

整整一个上午，牛雅茹都咕嘟着嘴不说话。我知道，她一定还在生赵芊芊的气。作为她的同桌好朋友，我不能坐视不管。

中午，我约牛雅茹在学校的操场谈心。牛雅茹最终向我道出了她带麦苗来的原因。

牛雅茹的爸妈常年在外地打工，家里只有她和奶奶两人过日子。奶奶年纪大了，腿脚、眼神也不好，家里一盆花也没有。爸妈一年到头只有夏天割麦子的时候才回家割麦。所以，每年收获小麦的那几天，是她和爸妈团聚的日子，也是她最快乐的时光。每年冬天，她都会悄悄种上一盆小麦，偷偷放在自己睡觉的小房间。从麦子种上到发芽到结穗，她天天瞅着、浇灌着，倒数着爸妈回家的日子。

牛雅茹说："我把麦苗放在教室，除了可以用麦苗的绿意美化教室外，还有一个小秘密，就是能随时看到麦苗，就像爸妈陪伴在我身边，心里盘算着还有多少天麦子就开花了、结穗了、成熟了，可以开镰收割了……"

牛雅茹说着这些事的时候眼睛红红的，声音哽咽着。她仰着头，对我说："你能替我保密吗？"

我点点头，对她说："让我们一起守护这盆小麦花好吗？"牛雅茹开心地笑了。

可我还是没能守住这个秘密，下午放学时我去了班主任办公室。

第二天，班主任在班上讲述了一个留守女孩和一盆麦苗花的故事。每个同学听了都向牛雅茹投去关爱的目光，赵芊芊的脸更是红红的。下课后，她主动找到牛雅茹诚恳地道歉。牛雅茹笑了笑，拉起赵芊芊的手，摇了摇手中的跳绳，一起跳起最喜欢的花样跳绳。

周三，学校进行最美教室验收。来验收的领导和学生会的同学都对我们班满教室的花赞叹不已。副校长对那盆碧绿的麦苗花产生浓厚兴趣，弯着腰看了好久，问了许多……

周五下午，学校举行最美教室颁奖大会。我们班榜上有名，更令人高兴的是，牛雅茹的那盆麦苗花被评为最美之花。校长还亲自到我们班给牛雅茹颁了奖，还在会上动情地讲述了女孩和麦苗花的故事……

第二周，学校在全体女教师中开展"代理妈妈"结对子活动，班主任和女工主任成了牛雅茹的代理妈妈。那天下午课外活动，我看到，牛雅茹拉着两位代理妈妈的手，有说有笑，幸福极了。

在赵芊芊的倡议下，我们班每个同学都和牛雅茹一样，成了那盆麦苗花的护花使者。只是有个全班只有牛雅茹不知道的秘密——大家每人早早准备好了一把镰刀，等麦子成熟时节，相约一起去牛雅茹家割麦子。出这个点子的人就是赵芊芊。

◀ 无价的礼物

再过两天就是妈妈的生日，给妈妈买份什么像样点的礼物呢？赵小山这几天一直为这事拿不定主意。

爸爸在赵小山两岁时出车祸去世了，年轻漂亮的妈妈拒绝了一个又一个上门求亲者，一个人又当爹又当娘，含辛茹苦拉扯他。赵小山现在十一岁，上小学三年级，他觉得妈妈太辛苦，每天起早贪黑送他上学，然后去工厂做工。每次看到妈妈一身疲惫地回家，他多想让妈妈好好歇一歇。可是他知道，妈妈不舍得那个时间。

在赵小山的记忆里，妈妈好像从没过回生日。问妈妈，妈妈总是说不记得了。他知道，那是妈妈在骗他。

几天前，赵小山无意中看了妈妈的身份证，这才知道了妈妈的生日。他想好了，一定要送给妈妈一份礼物，让妈妈开心。可眼看着妈妈的生日到了，赵小山一直拿不定主意买什么礼物，因为他手里只有两元钱，那还是他费了好长时间积攒下的。随着日期的临近，赵小山的心里越发紧张不安。

明天就是妈妈的生日，赵小山觉得不能再等了，今天必须买到礼物，明天一大早就送到妈妈的手里。赵小山甚至想象出妈妈拿到礼物时开心的样子。赵小山揣着两元钱早早出了门，他想："今天是妈妈的生日，我必须把礼物带回家，哪怕这份礼物多么不起眼。"

赵小山在大街上走着，忽然看到路旁有个大垃圾箱。赵小山眼前一亮，我何不捡些破烂卖到废品收购站，得了钱好给妈妈买礼物？赵小山想到这里，立即跑到垃圾箱旁，仔细翻捡着里面可用的东西，什么纸壳啦、酒瓶啦、塑料瓶啦……他分门别类地把这些宝贝装进尼龙袋里。翻完了一个垃圾箱，他又去了下一个垃圾箱。两个小时过去，尼龙袋里装得满满的了。附近就有一家废品收购站，赵小山正要提着尼龙袋去收购站，这时一个头发凌乱的老爷爷来了。老爷爷驼着背，一头白发，趴在垃圾箱上找寻着废品。看到被人翻捡过的垃圾箱，老爷爷一脸失落。赵小山不止一次见过这位老爷爷，听人家说他有好几个儿女可都不孝敬，老爷爷没办法只好出来捡废品自己养活自己，那几个垃圾箱是老人的地盘。看到老爷爷失望的表情，赵小山觉得自己做了什么错事，他赶紧跑过去，把那一大袋废品往老爷爷跟前一放，一转身跑开了。

赵小山来到十字路口，刚要过去，红灯亮了，赵小山赶紧停住等候。一个老人好像没看到红灯，兀自趔趔趄趄地闯红灯。这时一辆车快速驶过来，老人眼看就要被撞上，赵小山顾不得多想，立即跑过去搀着老人，快速把老人拉到一边，汽车擦着老人身边，吱一声紧急刹车停下了，老人得救了。路人纷纷向赵小山投来赞许的目光。

告别老人，赵小山继续在大街上走着，一边走一边盘算到哪个商店买份钱不多妈妈又喜欢的礼物。走过一个又一个商店、超市，赵小山始终拿不定主意。赵小山口袋里的钱实在太少了，物价这么高，哪能轻易买到妈妈喜欢的东西？眼看到了最后一个商店，赵小山决定无论如何要进去看看。突然，赵小山的脚下像踩了什么东西，软绵绵的。赵小山低头一看，是一个钱包。赵小山弯腰捡起来，拉开锁链一看，里面有几张银行卡和厚厚一摞百元大票，赵小山的一颗心狂跳不止。他想起妈妈平时教他的那些话，一颗心旋即平静下来。他站在那里，静静地等候失主的到来。时间一分一秒过去，始终不见有人来找钱包。眼看天色暗下来，赵小山觉得再这样等下去，妈妈找不到他会着急的。他拿着钱包去了派出所。

赵小山怕回家太晚，犹豫了半天，决定拿出一元钱坐公交车回家。刚上车，只见一位阿姨正为忘记带车票钱着急，赵小山摸着口袋里仅剩的一元钱，犹豫了片刻，走上前去替那位阿姨交了车费。

赵小山两手空空到了家，妈妈早已做好了饭菜，在家门口走来走去，焦急不安地等他。妈妈嗔怪他不该到处乱跑，让他赶紧吃饭。赵小山却一点吃饭的心思也没有。

第二天，星期天，赵小山在家里做了一上午作业。中午妈妈回来了，赵小山嗫嚅着说："妈妈，对不起！今天是您的生日，我却没有什么礼物送您……"赵小山眼圈红了，眼泪簌簌流出来。

妈妈一愣，蹲下身子，一把拉过赵小山，说："傻孩子，你已经给我送给妈妈礼物了，而且是无价的礼物。"

什么？我哪里给妈妈礼物了？赵小山愕然了，不知道妈妈说什么。

"你看，这是什么？"妈妈说着，变戏法似的拿出一封信，"这是你捡到钱包的叔叔写的感谢信，警察叔叔转交给我的。"

"还有，你昨天把捡的废品送给了那位可怜的老爷爷，还有在公交车上替人付了车票钱……"妈妈一口气把昨天赵小山做过的那些事一一说了一遍。

"妈妈，这些事你怎么知道的？"

"孩子，你做这些事的时候，妈妈的很多熟人正好看见了，是他们打电话告诉我的，他们都夸赞我有一个好儿子。"妈妈抚摸着赵小山的头说，"孩子，他们的夸奖就是你送给妈妈最好的礼物，是别人花多少钱都买不到的。"

"妈妈，你真是世上最好的妈妈！"赵小山一头扑进妈妈的怀里，紧紧抱住妈妈，久久不肯放开。

◀ 草儿青青，梦长长

"草儿，这学你就别上了，我都说了多少回了，你咋这么不听话？唉，都怪我，半死不活的，我容易吗我……"

一进门，书包还没放下，就听爹在屋里又絮叨上了，草儿的心像坠了一块铅砣子，一下子沉了下去。

"爹啊爹，您就让我上完这个学期，到放暑假我就退学不行吗？"草儿心里对爹娘说着，鼻子一酸，眼泪快要流下来。

草儿爹一心想要个儿子，在生下草儿和二妹之后，东躲西藏，一口气又生下两个丫头，可爹还不死心。没成想，在工地打工时走神把腿摔折了，再也干不动重活，草儿娘又是个病秧子，这才不得已带着一家老小回到老家种地、放羊，日子过得很艰难。

草儿都十四岁了，在村小上小学五年级。按说该上初中一年级了，可草儿要照顾那几个妹妹，直到十岁才上小学一年级。草儿学习很用功，门门功课都很好，班主任赵老师说草儿是上学的好苗子，将来准能考上大学。草儿曾偷偷跟班里的小伙伴们说，她最大的梦想是将来能考上大学，走出大山，到城里找个好工作，赚很多很多钱给爹娘花，供妹妹们上学。

可草儿爹却觉得女娃子，迟早要嫁人，书念多念少没什么，再说家里也供不起啊。特别是村里那几个初中没毕业就外出打工的女娃子不断把钱寄回家，父母拿着汇款单逢人就显摆的情景，深深刺痛了草儿的爹。草儿爹三番五次动员草儿退学，可草儿就是不答应。

其实，草儿不答应，不是她年纪小不懂事，不体谅爹娘，是因为草儿还有个小小的心愿未了。

草儿的学校地处深山，条件异常艰苦，根本留不住老师，多年来靠支教的大学生维持办学。教草儿的赵老师已经在这里工作了两年了，赵老师多才多艺，草儿她们很喜欢赵老师，天天怕的就是赵老师会哪一天突然离开不教她们了。

前段时间，赵老师家访时不慎摔折了一条腿，走路靠挂着木棍，一瘸一拐的。她不止一次看到赵老师望着大山发出重重的叹息。她还听人说，赵老师同学的爸爸在南方开办了一家私立学校，多次邀请他去教学，工资是这里的好几倍，赵老师一直没答应。想起这些，草儿害怕极了，怕老师真的不管她们，拍拍屁股走人了。

草儿比班里其他学生岁数大。草儿想，自己虽然下学期不能上学了，大学梦成为泡影，可其他同学将来还要考大学，不能没有老师。

赵老师对她们那么好，一定要想办法留住赵老师！这是草儿最大的心愿。她把这个想法告诉了班里几个要好的女同学，几个山里女娃召开"诸葛亮会"，用了一个下午总算想出一个办法，赵老师不是摔折了腿，一直靠拄着木棍走路吗？要是能送他一副拐杖，他一高兴，说不定就不走了。可买拐杖得需要钱呐，钱从哪来啊？草儿的脑子灵光一闪，有了，这周围最不缺的是山，山上有的是药材，药材不就是钱吗？草儿的这个建议得到了伙伴们的响应，大家拍手叫好，夸还是草儿最聪明。草儿要大家保密，对谁也不要讲，等钱攒够了，拐杖买来了好给老师一个惊喜。

草儿和那几个女同学每天放学后、星期天就借着上山捡柴、挖兔子食、玩耍的机会挖药材，然后卖到镇上的药材收购站。

一个星期过去，一个月过去……离放暑假没几天了，几个小伙伴把卖药材得来的钱凑在一起，几颗小脑袋围在一起数了又数，可还差十几块。草儿说，缺的这些钱她来解决。

期末考试结束了，草儿又是班级第一。可草儿没有因为考得好多高兴，她心里很着急，前几天她听说赵老师的同学又来信催他南下。再过一两天就要放假了，赵老师就要回去了，拐杖必须赶在赵老师回家之前买来。

早晨，太阳刚露出半个脸，草儿就扛着镢头上山了。草儿不知道，在她上山的那个时间，赵老师正拉着拉杆箱，站在通往县城的一个站牌下等车。赵老师不时扭头回望一眼学校。

远远地，车来了，赵老师拉动了拉杆箱。突然，班长牛小力气喘吁吁跑过来，上气不接下气地说："老师，出事了，刘草儿从悬崖上摔下来了，快不行了……"

"什么？！快走！"赵老师扔下拉杆箱，拉着牛小力就跑。

刘草儿家的院子里，站满了人，人们一个个眼圈红红的。

赵老师分开众人，跑到屋里，只见刘草儿头上缠着绷带，静静地躺在那里，脸上蜡黄蜡黄，没有一点血色。她爹娘趴在那里，哭得背过气去。

诊所医生说："她走了，这娃，可惜了。"

"她怎么会去挖药材？"赵老师沉痛地问道。

牛小力说："老师，听班里的女同学说，她怕您走了不回来了，就和那几个女同学一起，偷偷挖药材卖钱，想给您买一副拐杖留住您。"

"买拐杖？这个傻孩子，都是老师害的！"赵老师呆住了，痛心地说，眼泪止不住地流下来。

刘草儿被葬在了距离学校不远的那座荒草丛生的东山上。

埋葬刘草儿的那个晚上，赵老师办公室的灯和村子里各家各户的灯一样，一直亮到天亮。

◀ 折柳的少年

老柳 58 岁了，离规定退休年龄还有两年。单位照顾老柳，让他管理院子里的那些花花草草，每天拔拔草、松松土、剪剪枝，工作倒也清闲自在。不过，老柳干得挺认真。同事笑他死心眼，糊弄两年退休得了。老柳脸色一沉："那怎么行？那是我老柳做的事吗？！"

再过三天就是清明节了，这天，老柳正在花坛边松土，无意中发现有个八九岁大小的男孩，翻过低矮的栅栏，正往距花坛十几步远紧靠栅栏的一棵柳树上爬。老柳放下锄头，赶紧小跑过去，问小男孩干嘛偷爬树。小男孩一见来了人，也不说话，哧溜溜下来，一抬脚跑了。老柳苦笑着摇摇头，说这孩子，真淘气。望着小男孩跑远的背影，老柳的脑子里忽然闪现出儿子小时候头戴柳条帽，拿着木棍当冲锋枪的淘气样子，鼻子一酸，眼圈红了。老柳叹口气，说老了老了，不争气了。

第二天下午下了班，老柳正要回家，下意识地朝柳树那边看去，只见那个小男孩又往树上爬，一只手紧抓着一根柳树枝。这小家伙，跟我玩猫捉老鼠的把戏。老柳想快跑过去制止，刚一抬脚，猛然想到，万一孩子受了惊吓跌下来伤着咋办？老柳便放轻脚步，蹑手蹑脚走过去。正要折枝的小男孩也发现了站在树下的他，这次小男孩没有立即从树上溜下来，却抱着树干低头望着老柳，和老柳僵持着。老柳好说歹说，总算把小男孩哄下了树。

老柳弯下腰，慈祥地看着小男孩，问他咋为啥三番五次来折柳枝？是想做柳帽还是做柳笛吹？小男孩低着头啥也不说，老柳的耐心出奇得好。也许是见老柳不那么凶，小男孩突然头一仰，咕嘟着一张小圆脸，反问道："干嘛非要告诉你？我偏不！"

老柳被小男孩倔强的样子逗乐了，那一刻他觉得眼前这小家伙像极了小时候的儿子。老柳备感亲切，却故意脸色一沉，说："你不说，我明天就到学校找你老师，告诉他你攀折柳树，不爱护公物，不是好学生。"

小男孩急了，说："好爷爷，求求您，千万别告诉老师，我妈妈知道了她会很生气的。爷爷，您一定要知道为什么？"

老柳点点头。

"那我给您讲个故事吧，这是我妈妈讲的故事——

有个小男孩，他爹在他三岁的时候出车祸死了。三年前，他六岁，夏天发大水。中午，小男孩趁妈妈不注意，从家里跑出来，跑到城西河边看发河水。那条河很大，一直流到很远很远。那天河水很急很大，发出狮子一样的吼声。小男孩拍着手兴奋地喊着叫着，围着河坝跑，一不小心，脚下一滑，滑进了河里。小男孩在河里一浮一沉，眼看就要被河水冲走了，这时有人纵身一跃，跳进了河里，费了好大劲才把小男孩托上岸，可最后救人的那人却再也没能上来。打捞人员沿着河流一连找了好多天也没找到。妈妈说，救小男孩的那位叔叔才三十多岁，那天他正要给在单位值中班的父亲送饭，碰巧遇到小男孩落水……"小男孩说到这里，眼圈红了，嘴唇哆嗦了几下，用小手背擦了又擦。

"你可能猜到了，那个惹祸的小男孩就是我。"小男孩说，每年清明节，他跟妈妈给爸爸上坟，妈妈每次都要去折几根柳枝插在爸爸的坟上。妈妈说，清明插柳，死去的人就能看见亲人，就能和亲人团聚。

小男孩说，后来，他上小学三年级了，有一天他从一本书里看到死去的人尸首找不到了，亲人就会给他做衣冠冢来祭奠他。小男孩说，他很想念那位救了自己一命却连脸面都没看清的叔叔，他偷偷在离家不远的小树林里做了一个小小的坟包。他想清明节的时候，也给那位叔叔的坟上插柳，这样他就能看清那位叔叔的模样了，叔叔也能跟他说话了，他也能告诉叔叔自己得到老师表扬了……

小男孩还在说着，老柳的眼睛润湿了。

小男孩说："这就是我折柳的原因，爷爷，这是我的一个秘密，连我妈都没告诉她，你可要替我保密。"

老柳噙着泪水用力点点头："保密，爷爷保密。"

"来，拉钩上吊，一百年不许变。"

"好，拉钩上吊，一百年都不变。"老柳哽咽着，孩子似的笑了。

"爷爷，你咋哭了？"

"哦，爷爷眼里进沙子了，没事，孩子。"

"爷爷，那您告诉我，我是个好孩子吗？"

"你是好孩子，顶好的孩子。"老柳轻轻抚摸着小男孩的圆脑袋说。

"爷爷，那您愿意给我几根柳枝，和我一起去给那位叔叔的坟头插柳吗？"

"愿意，爷爷愿意！不过，爷爷不能折这里的柳枝，这是集体的树，不能折。到爷爷家去，爷爷家有一棵老大的柳树。"

老柳拉着小男孩的手到了家，从老柳树上折了一大抱柳枝，两人一起来到小男孩说的那片小树林。

小男孩朝一棵树旁一指，说就这里。

老柳顺着小男孩的手指看去，那里果然有一个小小的土包，土包上面压着一块石头，还真像一座小小的坟。老柳踉跄着走过去，呆呆地看着，许久许久，木然地将柳枝一一插在坟上。

小男孩跪在那里，郑重其事地磕了三个响头，对着坟自言自语着什么。

"谢谢爷爷！那位叔叔知道咱们来看他一定会很开心。"

"是的，会开心的，一定会的。"

"爷爷，再见！"

"再见，孩子！"

看着小男孩矮小的身影消失在树林的那一边，老柳的泪再也止不住了，他喃喃自语："孩子啊，你知道吗？救你的那位叔叔不是别人，是爷爷唯一的儿子啊！"

这时，老柳的眼前蓦地浮现出老家山岭上那座儿子的衣冠冢。

◀ 喊你一声爸

翠兰是旭日纺织公司的一名挡车工。别看她个头不高，瘦瘦的，干起活来却像上满发条的钟，"咔嚓咔嚓"，有使不完的劲。

每天早晨，翠兰都按时来公司上班，中午在公司草草吃一顿自带的饭，下午一下班就急匆匆赶回家照顾多病的母亲。

每次上班下班，进出公司大门，翠兰都会主动跟门卫老赵打个招呼——

"大爷，早啊，您值班辛苦了！"

"大爷，这几天天气预报说降温，您老可要多加衣服！"

"你也早啊！"老赵乐呵呵地应着，回问着，下意识地整理一把保安制服的衣领。很多次，看着翠兰瘦小的身影，老赵都很心疼，就像翠兰是自己的亲闺女。提到闺女，老赵的心里一阵疼。

日久天长，老赵早已听惯了翠兰的那一声"大爷"，他甚至能从翠兰简短的问候声中听出她的心情的阴晴。而一旦听不到，老赵心里就空落落的，有点魂不守舍的样子。老赵多次跟老伴说起这事，随后是一声沉重的叹息。老伴说："你就认下她吧，反正咱们家大力整天忙得不着家。"老伴说完，转身抹眼泪。

"再等等。"老赵说。

他们也曾有过女儿，老赵视若掌上明珠，谁知女儿十八岁时一场大病强行把她带走了。那些日子老赵死的心都有。

老赵发现，最近进出公司的员工不少人都心事重重，以前走到门口主动跟他打招呼的也都哑巴了，仿佛他老赵压根不存在。他知道，这都是公司裁员闹的。

不问就不问吧，赶上这种事谁会有心思顾别的，老赵自我安慰。

"大爷，您值班啊，辛苦了！"

"大爷，这几天天气预报说气温上升，您老可要注意防暑！"

翠兰的叫声依然每天按时响起，这让老赵心里又熨帖又踏实，他的一身保安服穿得更板正了。

可是，一连几天老赵没听见翠兰的叫声了，心里忐忑不安。下了班老赵一打听，原来生产标兵翠兰也下岗了。老赵心里不由得一揪，下意识地敲了敲胸膛，这几天不知怎么心里这么憋得慌。

这天，翠兰拿着一张招工启事急匆匆去一家企业应聘，一个年轻的女子叫住她。

"请问，您是翠兰姑娘吗？"

"是啊，我叫刘翠兰，您是……"

"噢，忘了先自我介绍一下，我叫马小雅，新东方集团人事部的，我们那里有一份适合你的工作，想邀请你加盟……"

"新东方？"

翠兰心里敲起了鼓，她知道新东方可是赫赫有名的大公司，很多人想进都进不去。老总赵大力可是个传奇人物，他们能聘我？我只是一个纺织公司挡车工。

　　"天上掉馅饼是吧？我要是你也会这么奇怪。实话跟你说吧，是公司高层有人让我请你去，走吧。"马小雅热情地说着，挽起她的胳膊上了车，几个小时后到了。

　　"咱们到老总办公室。"马小雅说。

　　"你们老总找……找我？"这……翠兰犹豫了，脚下不由得往后退。

　　"走吧，老总在里面等你呢。"马小雅和翠兰一前一后走进去。这是一间豪华办公室。一位胖胖的中年男子坐在老板椅上。"赵总，翠兰来了。"中年男子连忙起身，说："请坐请坐！"

　　马小雅麻利地将一杯热茶递到翠兰的手里。

　　翠兰局促地站着，轻轻叫了声赵总好，问："您找我有什么事？"

　　赵总走到翠兰面前，深深鞠了一躬，说："谢谢您！"

　　"您这是……"翠兰连忙后退。

　　"对不起，吓着你了，我是替我父亲谢谢你。"

　　"您父亲？我不认识啊……"

　　"是啊，我父亲……"赵总说着，突然眼圈红了，"你们认识，他就是纺织公司的那个老门卫。"

　　"什么？大爷是您的父亲？这怎么可能，您是这么大一公司的老总，怎么会让自己的父亲去别的公司当门卫？你这是逗我玩吧？我还要找工作呢。"翠兰说着转身就走。

"等等，听我把话说完……"

"那还是我创业之初，父亲为了支持我把房子都卖了，到纺织公司当保安。后来我的企业好了，可老人却死活不肯回来，因为他舍不得一个人，"说到这里，赵总看着翠兰，"想知道那个人是谁？"

"谁啊？"翠兰茫然地点点头。

"就是你。"

"我？为什么？！"

"这么多年，进出纺织公司大门的有那么多人，能够每天走到门口主动问候老人家的只有你一个，每次听到你的问候老人家就像又听到女儿跟他说话。这就是老人家高低不肯离开纺织公司的原因。"

"对不起，那天我原想跟大爷告个别，可……就和平常一样打了招呼走了，大爷没怪我吧？老人家还好吧？"翠兰惭愧地说。

"我父亲他……你走之后他也辞职了，前几天突发心脏病去了，临去时他把你的情况告诉了我。你不知道，我之前有个妹妹十八岁那年没了。我父亲说你长得有几分像我妹妹，他一直想认你当干女儿，可……他希望我能招聘你进我的公司，并认你这个干妹妹。这是老人家最后的心愿。"赵总说着，眼圈红了。

翠兰的眼圈霎时红了。

赵总不知道，翠兰十三岁就没了父亲，老人家憨厚的微笑让翠兰感受到亲生父亲般的温暖和亲切。她多想当面喊他一声爹，甚至好几次话到嘴边又硬生生咽下去。万万想不到老人却不在了。

第二天，在赵总老家的东山，一座新坟前，翠兰跪在那里，哽咽着喊出了那一声——爸！喊着喊着，翠兰泪如泉涌。

◀ 老鞋匠小鞋匠

　　一连几天，赵小山独自一人在大街上漫无目的地走着。大学毕业求职不成、女友离去带来的一连串打击，让他的心情沮丧到了极点。

　　赵小山来自偏远的农村，父亲在他两岁的时候离家出走，生死不明。母亲和继父省吃俭用供他上学，欠下一屁股债。赵小山急切地想早日找到工作赚钱，可没想到这么难。

　　阳光暖暖地照着，不时有几片金黄色的法桐树叶噗噗落下，赵小山心里越发感到凄凉。为求得一份工作他已经遭到数百次的拒绝，看过的冷眼更是不计其数。他恨自己无能、卑微，精神已经到了崩溃的边缘。如果今天再找不到一份工作就……那一刻，他很为自己的这个想法振奋和激动，却又有些莫名悲壮的感觉。

　　中午的大街上行人稀少，显得赵小山更加孤单、无助。他一边走一边有一眼没一眼地随意地看着，当目光落在路旁那棵法桐树下一个修鞋摊时，他心中豁然一亮，当修鞋匠的想法就在那一刻产生了。

赵小山不知道，老鞋匠几天前就已经注意他了。当赵小山朝这边走来时，老鞋匠热情地打着招呼："年轻人，来坐坐。"赵小山没想到会有人理他，便走了过去。

第二天，老鞋匠的一旁多了一个戴着眼镜、文质彬彬的小徒弟。老鞋匠从如何支修鞋架、如何钉钉、如何割皮子等环节入手手把手地教他。赵小山悟性很高，两周不到就已经做得像模像样了。

这是小城最繁华的一条街道。老鞋匠的摊子处在大街最好的路段，生意比大街上其他任何一个鞋摊都红火。小鞋匠的摊子紧靠老鞋匠，老鞋匠经常把生意推给赵小山，这让赵小山心里十分感激。只是有一点赵小山不明白，师傅有时候为什么会望着自己的脖子发呆？并且几次欲言又止的样子？难道是为自己脖子后的那枚梅花痣？真是个好奇心重的怪老头。

几个月后的一天，老鞋匠突然告诉赵小山自己要回乡下老家。从此，赵小山接过了那个黄金摊位。

赵小山原本是个很有想法的人，大学时立志将来当一名企业家。随着生活安顿下来，赵小山对自己的现状很满足。

日子一天天过去，赵小山很想念自己的师傅、那个没留姓名和住址的大恩人——老鞋匠。

法桐树叶黄了又绿，绿了又黄。赵小山来小城一年多了，还从没仔细逛过这座小城。这天，他给自己放了个假，穿戴一新，骑自行车满县城逐条街道转悠。在一条偏僻的街道上，赵小山突然发现了自己的师傅老鞋匠。此刻，老鞋匠正坐在一棵法桐树下，目光时不时地打量着过往的行人。

师傅不是回老家了吗？什么时候又回来了？回来怎么不找他？赵小山心里画了一连串问号。他想马上过去认师傅，可转念一想，不知道师父在这儿的生意怎么样。他决定观察一会儿，半天过去居然没有一个人光顾师父的摊位。

赵小山向一个过路的老人打听师父的情况，老人告诉他，这位老师傅来这儿有些时日了。他以前在主街上有个摊位生意很好，一年前让给了他的徒弟。这里位置又偏，生意很清淡……刹那间，赵小山一切都明白了。看着金黄的树叶一片片落在师傅的身上、脚下，泪水顿时模糊了他的双眼，他悄无声息地离开了那条街道。

赵小山一夜未眠，连夜写了一封信，托人送给自己的师父。从此，自己在小城消失了。

几年后的一天，已经成为著名企业家的赵小山急匆匆赶到小城，急切地寻找老鞋匠，却发现当年的那棵法桐树还在，只是树下的修鞋摊已换了主人。

坐在那里的是一位中年人。从中年人嘴里得知，老鞋匠在赵小山走后不久，为了保护一个过路的盲人被失控的大货车轧死了。弥留之际，托同行的他交给赵小山一封信，如果赵小山找他就交给他。

赵小山颤抖着手打开那封皱巴巴的信，一字一句地念着："小山，你知道吗？我就是你出走多年的爹。那年我做生意被骗没脸回来见你妈，又怕债主追债，后来听说你妈给你找了继父。为了不打扰你们，我只好以修鞋为生，到处流浪……那天我见你在大街上逛荡，看你神色不对，想起和你差不多大的儿子，我怕你出意外所以叫你到鞋摊来坐坐。聊天中，我无意中看到你脖子上的那个梅花痣，后又陆续听说了你的家庭情况，我才知道你就是我的宝贝儿子。可我不能相认，我不求你原谅，只求你好好孝敬你娘和你继父……"

看着歪歪扭扭的字，赵小山的泪水早已哗哗流下来，他嘶哑着喊着："爹——我的亲爹，儿子也是前几天才得知原来您就是我的亲生父亲……爹，您知道吗？那年要不是你答应让我跟着您学修鞋，儿子恐怕早已不在人世了……是你救了你的儿子。"

噗，噗，几片硕大的法桐树叶闪着金黄色悠悠落下，轻轻地铺在光滑的柏油路上，一阵风吹过，树叶被裹挟着，急匆匆向远方飞去……

第三辑

醉人的花香

◀ 眼睛
·············

　　他越来越讨厌那双小眼睛，更确切地说是憎恶。

　　那是他父亲的眼睛。

　　可他以前不是这样。

　　那时他还没上初中，那双眼睛似乎也没现在这么小，他很喜欢很喜欢这双薄眼皮的小眼睛。

　　他从小没有母亲，但他并不缺少温暖，一双温暖的小眼睛从不离他左右。

　　那个夏日的午后，蝉儿在院子里的梧桐树上叫得欢。他拿一根小树枝，在树下串那些紫色喇叭状的梧桐花。父亲拉一把藤椅，坐在梧桐树下，小眼睛眯缝着，好像睡着了。他蹑手蹑脚地靠近父亲，拿串好的梧桐花戳父亲的鼻子尖。戳一下躲开，戳一下躲开。再戳，父亲手一伸，便把他轻而易举地捉住了。他很奇怪，那双小眼睛明明闭着，睡着了，怎么一抓这么准？父亲眯缝着眼说："傻小子，别忘了，这是你父亲的眼睛，你小子想干什么都在这双眼睛里装着呢。"他从那时起，觉得父亲的小眼睛太厉害太神奇了。

那时他身体瘦小，同学们都叫他麻杆。他三天两头感冒，于是父亲半夜三更背他、用自行车驮着他去镇上打针拿药，便成了家常便饭。

他吃饭挑食，不爱吃的一口也不吃，父亲无可奈何，只好由着他。父亲常眯着小眼睛看着他，说什么时候才能胖起来、壮起来？

他那时也多次问父亲："我妈妈呢？她漂亮吗？她到哪去了？为什么不来看我？"

父亲总是眯着眼说："她可漂亮了，是天底下最漂亮的女人。"父亲说着话的时候，那神情仿佛母亲就站在眼前。于是，他常想象着母亲的模样，一定是瓜子脸、白脸皮，比小学里最好看的那个女老师还好看。

他不喜欢体育课，课上总是偷懒耍滑。父亲知道后瞪着小眼睛，很夸张地扬起巴掌作势打他，可他早咻溜一下泥鳅一样地溜了。

虽然没有母亲，可他却从父亲那里得到了双倍的爱。在同学的眼里，他是世上最幸福的孩子。

可自从上了初中那天起，一切都变了，变得让他觉得以前的一切仿佛是一场梦。

父亲成了他的体育教师兼班主任，他原想父亲会像小学时候那样宠爱自己。他吃不惯食堂里的饭菜，可父亲却坚持要他吃。

不吃？不行！父亲小眼睛一瞪，圆溜溜的。他从那时开始讨厌那双小眼睛。

更让他不解的是，每次上体育课，别的学生做十个俯卧撑，父亲偏要他做 15 个、20 个；别的学生做仰卧起坐一次 15 个得满分，他 20 个才算及格。动作不规范推倒重来！每当他耍滑偷懒，父亲那双小眼睛会发出鹰一样的目光紧紧地盯上他，让他根本无处躲藏。他觉得父亲这是故意折磨他，心里越发来气。

他原本孱弱的身体在父亲小眼睛的注视下，一天天强壮起来，没有谁再叫他麻秆了。但这丝毫没有减轻他对那双小眼睛的憎恨，是这双小眼睛让他吃了很多苦。他不明白，为什么那双小眼睛里再也找不到一丝的温柔和慈爱？

初三上学期，他开始偷偷上网吧。一半是想跟父亲作对，表示他对严厉小眼睛的抗议。一次两次……没想到，他很快迷上了网吧，不能自拔。

他第一次看到父亲的小眼睛铜铃似的瞪着他，是在网吧的门口，那次他泡在网吧里整整一夜。父亲几次高高举起巴掌，但最后都在一声叹息中又放下。父亲的样子让他有些得意，甚至有些幸灾乐祸。

那天晚自习，父亲前脚刚离开教室，他后脚紧跟着溜了出去，直奔不远处的那个网吧。他满脑子都是游戏，横穿马路的时候，一辆轿车飞奔过来，他吓呆了，就在这时有人在背后猛推了一把……

醒来的时候，已经是一星期之后。他这才知道，自己的一只眼睛看不见了。

他没有看到父亲，身旁只有父亲的好友、镇医院的李伯伯。

送你一片红叶

从李伯伯的嘴里得知，他的一只眼睛受伤了，两天前刚做了角膜移植术。

他想起车祸发生的一刹那，要不是被人推了一把自己肯定没命了，他很感激那个推了他一把的人以及捐给他眼角膜的人。

他很想父亲就在身边，带他去感谢那两个好心人。

他一再追问父亲哪去了，李伯伯沉默半天才告诉他："你父亲昨天刚出差了，临走前让我来照顾你。"他不再言语，心里全被对父亲的不满和憎恶填满了。

一个月后，他出院了，却还没有看到父亲。

他现在懒得想那双小眼睛，一辈子都不想。

他央求李伯伯尽快找到救他命和捐献眼角膜的人，向他们表示感谢，就是一辈子做牛做马也行。

李伯伯眼圈红了，说："不要找了，那两个救你的人不是别人是你父亲！"

他这才知道，是父亲在危难关头推了他一把，自己却身受重伤。就在他醒来的前一天，父亲做完眼角膜移植手术后就去世了。

"他不是你的亲生父亲。那年冬天，你父亲在马路上捡到你，当时你已经奄奄一息。你父亲为你输了 1000 毫升的鲜血才救活了你……他把你抱回了家……为你单身了一辈子。"

"你太瘦弱了，上初中后，是我劝你父亲不要太溺爱你……"李伯伯还在说着，他早已泪流满面，泣不成声。

如今，他已经长大成人。这一辈子他都不会孤独，因为始终有一双小眼睛在默默地注视着他、温暖着他。

◀ 用我的身体烘干你的衣服

　　这是周一上午的第一堂课。男孩坐在座位上，一手托着腮，一手攥着笔杆，眼睛痴痴地望着窗外。顺着男孩的目光，可以看到窗台前那棵树。

　　这是一棵矮小的桃树，几个枝丫正努力向四周伸展着。现在已经是初春，应当是万物勃发的季节，可眼前这棵桃树枝上依然光秃秃的，没有半点生命的迹象。

　　男孩知道，是那场突如其来的倒春寒将桃树刚要冒出的芽苞又逼了回去。要是在平时，男孩一想起倒春寒，一定会恶狠狠地骂一句可恶！可此时此刻，男孩的目光呆滞，讲台上老师讲什么，男孩丝毫也没听进去，甚至连那只衔着泥巴，轻轻从窗前划过的燕子都没看见。男孩的心早就飞走了，飞到了几十里外的家中。

　　就在昨天，男孩又和父亲赌气了。这是第几次怄气了，男孩自己也记不清了，只记得昨天下午快走的时候，自己的校服还是湿漉漉的。这让自己怎么参加周一的升旗？男孩知道，周一升旗不穿校服按校规是要扣班级月考核分的，男孩不想因为自己的缘故影响了班集体。在男孩的心里，这个班集体既是他学习的场所，更是他的家。他觉得这个家比几十里外的那个家要温暖得多。

看着父亲拿着那件湿漉漉的校服束手无策的样子，男孩心里更加来气，其实男孩生气有更深的原因。本来家里为母亲治病欠下了一大笔钱，没想到母亲死后不久，父亲又娶了一个女人进了门，那女人居然还带着一个流鼻涕的小女孩。这还不算，自从那个小女孩进了家，只要有一点好吃的父亲都给了那小女孩。这让男孩十分不舒服，男孩暗地里和父亲闹起了矛盾，总是莫名其妙地发火。

男孩多么希望父亲能够和自己大吵一顿，或者狠狠地抽他一耳光，可每次男孩发火的时候，父亲总是一言不发，甚至没有任何感情表示。这让男孩子心底里瞧不起父亲，甚至憎恨父亲，憎恨母亲，是母亲把自己生在了这样一个贫困的家庭，让自己有了这样一个窝囊父亲。他多想和母亲倾诉一下自己肚子里的苦水，可母亲却匆匆离去，再也听不到儿子的声音。

眼看返校时间到了，那件湿漉漉的校服始终没有办法弄干。男孩气愤极了，抓起校服，狠狠地扔在了地上，又重重地踢了一脚。然后，他抓起那包干粮，噙着泪水，冲出了家门……

就在今天早晨，男孩因为升旗没穿校服被监督员扣了分，班主任找了他，可他不想诉说自己的烦恼，只说了句忘了。为此，男孩挨了班主任一顿最严厉的批评。

此刻，男孩坐在教室里，心乱如麻，早没了听课的心思。现在，他只想流泪，只想倾诉，只想爆发。

男孩就这么胡思乱想着，恍恍惚惚中又下课了，他一个人呆呆地坐在座位上想着心事。班主任进来了，让他出去一趟，外边有人找。男孩走出教室，一看是继母来了，手里拿着自己的校服。

反正校服是湿的，也不能穿！男孩心里想着，扭头就走。她上前拦住了他，把校服递给他。男孩只好接过来，下意识地试了试，校服居然是干的！这让他吃了一惊。他以为自己的感觉出差错了，又摸了一下，这才相信校服的确是干的。

男孩愕然了。

女人看着男孩的脸，叹了口气，说："知道吗？昨天本来我想给你用火烘干，可家里正巧一点干柴也没有了，咱家又没有洗衣机甩干。你父亲昨晚一夜没睡，把校服穿在身上用体温焐干了！他现在正感冒了躺在家里呢……"

男孩一听，呆住了。蓦地，男孩想起了父亲多年前就患有严重风湿病。霎时，男孩的泪水如决堤的江水滚滚而出。突然，男孩声嘶力竭地发出一声喊叫："爹……"

这时，一只衔着泥巴的燕子悄悄地从男孩的头顶上掠过，眨眼间便消失得无影无踪，天空中一切又恢复了平静，好像什么也不曾发生。

◀ 醉人的花香

二中初一（1）班这几天班级气氛明显有些紧张，课上课下时不时听到有人小声议论：

"你说，班主任那个 mp3 是谁拿去了？"

"不像话，太不象话……出了这样的事简直是我们一（1）班的耻辱！"

"到底谁拿走了？莫非……"

"嘘，小声点，没抓着手脖子别胡说！"

……

一连几天，这样的议论声一直不断，有的甚至义愤填膺：

"谁拿走了刘老师的东西真是太缺德了，知道了非狠狠教训教训他非可！"

"敢偷老师的东西，这人胆子太大了，查出来批评一下太简单，最好让他在大会上作检讨！"

……

几天前，刘老师新买了一台 mp3，因为上午上课时间到了，便把那台 mp3 顺手放在了讲台一边，下课的时候刘老师心里只想着去另一个班上课忘了拿，等下午想起来再返回教室已经不见了……一时间，刘老师丢 mp3 的事成了近日全班同学议论和关注的热点焦点问题。这让刘老师很着急，再这样下去不仅影响正常的学习秩序，也会人人自危，影响师生之间、同学之间的关系，影响班级气氛，那损失可就大了。虽然刘老师一再想制止学生再议论下去，可总也堵不住同学的嘴。

怎么办？这天晚上，刘老师办公室的灯一直亮到很晚。

第二天上课的时候，刘老师手里拿着一个小盒子，面带笑容，走进一（1）教室。他站在讲台上，习惯性地朝教室巡视一圈，目光在每一个同学的脸上一一掠过。然后他轻轻清了清嗓子，这才开始讲话：

"同学们，上次我那个 mp3 找到了。"刘老师举着那个带着 mp3 图案的小盒子说，"我谢谢那个还给我 mp3 的人。谢谢！"

刘老师话音未落，教室里顿时掌声四起，刘老师会心地笑了。

一下课，学生三个一簇两个一堆兴高采烈地议论着：

"刘老师的东西总算找到了，看来这人还有良心！"

"找到了就好。"

"拿了改了就好。"

……

几天后，议论声消失了，教室里平静下来，仿佛什么事也没有发生过。每个同学上课都那么认真听讲，课下尽情地玩耍，每个人都那么轻松，青春和愉快写满了一张张年轻的脸。

转眼三年过去了，期间，刘老师的班丢失东西的事情再也没有发生过，一次也没有，这个班连年被评为优秀班集体。班里的王菲、赵大萌、赵梦等几个爱好音乐的学生以优异的成绩升入了高一级学校的音体美班。

又一个三年过去了，赵梦、王菲、赵大萌等几个音体美班的同学都考入了理想的大学，特别是赵梦更是出色，被中央音乐学院录取了。

王菲、赵大萌结伴来母校看望自己尊敬的优秀班主任刘老师，学生的到来让刘老师心里非常感动和温暖。回忆起初中三年生活，师生都沉浸在幸福之中。

然而，刘老师心里更牵挂着赵梦，更期盼着他的到来，来跟他说一句话，对，就一句话就够了，为这句话他已经等了整整五年。

日子一天天过去，那些新考上大学的学生带着喜悦和人生的梦想陆续到了新的学校，开始了新的人生历程。只有赵梦迟迟没来，赵老师隐隐有些失望了，他不会来了。

这天中午，刘老师一个人在办公室里。赵梦来了，两手轻轻推开办公室的门，手里拿着一个 mp3 图案的小盒子，满脸羞愧地站在班主任的办公桌前，红着脸说："老师，您的 mp3 是我拿的……我太喜欢它了……可……可我家……"

从赵梦断断续续的讲述中，刘老师看到了一颗真诚悔悟的心，不禁欣慰地笑了。

"老师，您能原谅我吗？您还承认我这个曾经做过错事的学生吗？"赵梦泪眼汪汪地看着自己日思夜想的老师。

刘老师微笑着走过去，拍拍他的肩膀说："年轻谁还不犯错？知错能改，善莫大焉。"

"那老师原谅我了？"

"你说呢？"

"谢谢老师，谢谢！"赵梦一叠声说着，朝刘老师深深鞠了一躬。

望着赵梦轻松远去的背影，刘老师长舒了一口气，心里甜甜地笑了。其实，有一件事刘老师没有告诉他，刘老师5年前早就知道那个mp3是赵梦拿的，而且那个mp3原本就是自己为他买的。因为之前刘老师在家访中偶然得知赵梦做梦都想要一个mp3练歌，可家里实在太穷了，根本买不起。自己很喜欢这个很有音乐天赋的学生，就决定买一个准备给他，没想到那台mp3居然不翼而飞。两周后，当刘老师揣着那台重新买的mp3到赵梦家家访时，赵梦的父亲流着泪感谢老师两周前给他儿子买mp3，刘老师什么都明白了……

走出办公室，刘老师突然闻到一股浓烈的花香，不由得用力吮了一下鼻息，就在前面靠墙根的地方，一棵月季花开得正艳。

刘老师贪婪地吮了几下鼻子，刹那间，醉了。

◀ 最珍贵的签名

那年秋天，我大专毕业分配到一所偏远山乡初中教英语。全班 48 名同学中只有我一人分到了全县条件待遇最差的学校，心里很为自己抱不平。

刚来那几天，一到放学，我常常一个人跑到学校前的小山岭上不停地无目的地走着，看着满眼的残阳、衰草、落叶、孤鸟和任你怎么驱赶也蹦不了多远的过冬蚂蚱……心情越发郁闷。

任教的一（2）班共 36 名学生，刚接手，课教得很不顺利，几次周考全班及格的没几个学生。这让我天天憋着一肚子的气，心里只想着托关系早一点离开这里。

一次，我让学生预习一篇小短文，就短短几句话，并布置回家抄写。第二天，批改作业时发现，胡平把单词抄得支离破碎，几乎每个单词都缺少一两个字母。

这个胡平平时不爱说话，课上从不举手发言，他总是木讷地坐在教室最一后排，英语周考成绩很差，次次拖全班后腿。当时，我正为学生考得不好而怒火中烧，这下正好借机杀鸡儆猴。我叫起胡平，当着全班同学的面，狠狠地训斥了一顿，用手指在他头顶上"咚咚咚"敲了几下，还把他的作业本狠狠地掷在地上。面对我的暴风骤雨，胡平一声不吭，低垂着头，默默地捡起了沾满灰尘的作业本，一声不响地回到座位上。

很快我就把这事淡忘了，直到一次家访，我和班主任坐到了胡平家的土屋里。见到我们，胡平一反在学校沉默寡言的表现，略显羞涩地打着招呼，紧张地忙碌着，张罗着端茶倒水，俨然是家里的顶梁柱。这让我很惊讶，因为在我的印象中，像他这么大年龄的学生大都是独生子女，娇惯得很，不会这么老练懂事。很快我便了解到，原来胡平是孤儿，从小父母去世，是爷爷奶奶把他拉扯大的。他的爷爷一条腿残疾，奶奶是个聋哑人。

昏黄的灯光下，爷爷拘谨地端坐着和班主任交谈，奶奶在一旁愣怔地看着。我随手翻着胡平的课本，我能感觉到胡平的目光正紧张地跟着我的手起伏着。我赫然发现课本的封皮上写的不是他的名字，当初抄写那篇短文的书页上，不知怎么被划出了几条大口子，好些单词的字母都残缺不全……我纳闷极了，脑海中突然想起上次批改作业的事。我拿着书不解地看着班主任，胡平在一旁低着头，圆脸红红的。

我这才知道胡平因为家境贫困，学校减免了他的学杂费，但为了减少开支，他用的都是村里孩子用过的旧课本。

得知这一情况的刹那间，我的脑海里再一次浮现出上次的情景，只觉得脸上火辣辣的，我不知道还能说什么。

家访回来的那晚，我失眠了。

第二天重感冒找上了我。我坚持着到教室给学生布置好作业，讲明原因，便摇摇晃晃下了讲台，回宿舍躺下。我哼哼唧唧地躺在单人宿舍的床上，难受极了，情绪越发低落。勉强吃了几片药，迷迷糊糊睡着了。

当我一觉醒来，下意识地一看表，已是傍晚时分。肚子咕噜噜叫唤起来，我打开灯，爬起来，想起来上街买饭。这时，门开了，哗啦进来十几个学生，走在最前面的就是胡平。他们有的手里拿着几张煎饼，有的端着一方热豆腐，有的拿着两个鸡蛋……各种吃食在床前堆成了一座"小山"，满屋子弥漫着食物的香味。

胡平手里捧着几个热乎乎的芋头，红着脸说："老师，听说您病了，这几个芋头是我让爷爷上山刨的，可新鲜了，您趁热吃吧！"

"老师，这红皮鸡蛋是我妈妈特意煮给您的，您快吃吧，吃了病就好了。"胖墩说着，将两个红皮鸡蛋递到我手里。

"这方豆腐是我拿豆子到邻居家换的……"

看着眼前热腾腾的食物和一张张可爱的笑脸，我鼻子一酸，眼泪差点流下来。

孩子们要走了。胡平刚走到门口，好像突然想起什么，三步两步跑到床前，掏出一张纸片，说："老师，知道您一个人吃饭不方便，您又病了，这是我们班同学自发编的送饭值日表……"说着，往我手里一塞，便一溜烟跑了。隔着窗子，我看到，一群孩子兴奋地跑着，很快消失在夜幕里。

打开纸片，是孩子们熟悉的签名。全班 36 个名字，我一个一个地念过，最后一个是胡平的名字，名字后面，是工工整整抄写的那篇短文。

看着那笔迹不同的 36 个名字，36 张笑脸一一浮现在眼前，第一个就是胡平。霎时，我的眼前模糊了，泪水潸然而下……

我拿起笔，颤抖着手，在那串名单的后面一笔一划郑重地签下了自己的名字，并在名字后认认真真画了一颗大大的红心，将纸片小心翼翼地装进上衣口袋里。

20 年后，我成了省级教学骨干，但依然站在那所学校的讲台上，我所资助的胡平早已成了省城某大报记者。有一个 20 年来我一直不曾公开的秘密：在我的上衣口袋里，至今还宝贝似的珍藏着一张签有 37 个名字和一颗红心的纸片，那红心像大山深处一片火红的枫叶，在阳光照射下闪动着耀眼的火焰……

送你一片红叶

◀ 一枚粉笔头

全市语文优质课比赛正在旮旯初中二（2）班教室里举行，执教的是县里有名、市里挂号的教学能手马老师。这个马老师向来以教学严格著称。

马老师是两月前接手的这个班。全班 54 名学生，不爱学习、违规违纪的学生随便一抓就能抓一大把。稳不住（闻小明）、糊里糊涂（胡玉光）等学生更是谁教谁头疼。前任班主任因为受不了学生的气撂了挑子，没人愿意捧这个刺猬。马老师偏不信这个邪，自告奋勇担任了这个班的班主任。经过两个月来的苦心整治，虽然班风大有好转，可违反纪律的现象仍时有发生。

这不，今天这堂课上，"稳不住"的老毛病又犯了，不是拿铅笔头戳戳这个男生，就是扯人家女生的辫子，再不就朝前后左右扮个鬼脸，弄得一圈不得安定。

在这样一个非常严肃的场合，发生学生公然违反课堂纪律的现象，这优质课的评奖档次肯定是要大打折扣，听课老师的眼睛都投向马老师。马老师就是马老师，只见他一只手捧着书，不动声色地讲着，另一只手早已伸进粉笔盒，摸出一枚粉笔头，趁"稳不住"扭头戳别人的空隙，伴着一个潇洒的扬手动作，那枚粉笔头在教室的上方，划了一个优美的弧线，在"稳不住"刚好一扭头的瞬间，落在了他的鼻头上，留下一个圆圆的白点。几十双眼睛齐刷刷落在"稳不住"的脸上，紧接着，教室里顿时响起一阵哄堂大笑。马老师笑了，听课的老师也捂着嘴笑了。"稳不住"红着脸，慌忙低下头，再也不敢正视老师和同学。

教室里出现片刻的安宁。这种局面没维持多久，那边角落里骤然鼾声如雷。"糊里糊涂"正做着黄粱美梦，嘴角的涎液流成了小河。马老师没有停下来，一边继续讲课，一边将手插进粉笔盒，拈出一枚粉笔头，轻轻向那边一抛，正打在糊里糊涂的嘴巴上。谁？谁？谁？糊里糊涂惊醒了，慌慌张张地问。教室里又是一阵哄堂大笑……

这堂课的评选结果可想而知。

又是语文课。马老师提前来到教室，像往常一样，在教室里来回走着，不时和学生说几句，询问一下作业完成情况，新课预习了没有。快到"稳不住"跟前时，"稳不住"突然站起来，红着脸说："老师，您…您以后别再扔粉笔头好吗？"一边说一边从桌洞里捧出一大把粉笔头。马老师一看，这些粉笔头有大有小、有尖有圆，足足二十几枚。

"这是……"马老师疑惑不解地说。

"老师，这都是您扔给我的"。

"什么？这么多？"马老师吃惊地说。

"老师，我这也有！"糊里糊涂也捧着十几个粉笔头凑热闹。

"老师，我这有两个！"

"我这也有一个！"

……

那些粉笔头居然有一百多枚！

"这些都是我扔的？"

"是啊，那次我上课不认真听讲，您给了我一个粉笔头……"

"我这个是上次上课做小动作时您给我的……"

……

同学们一个个争着讲述自己保存的粉笔头的来历。

马老师手捧着那些粉笔头，久久地注视着，他突然感到一阵剧烈的眩晕。

这堂课上，马老师第一次没扔粉笔头。

晚上，马老师失眠了。

第二天、第三天、一学期、两学期、一年、两年……直到马老师退休的十几年里，他的课堂上再也不见了那司空见惯了的一道道优美的弧线。

又是二十年过去了，早已退休在家的马老师被一场突如其来的大病击倒了。学生闻讯后纷纷成群结队探望，"稳不住"来了，"糊里糊涂"也来了……当年二（2）班54名同学都来了。

马老师躺在病床上，看着眼前都已成人成才的学生，脑子里突然想起那一百多个粉笔头。他满含愧疚地嗫嚅着："同学们，我对不起你们⋯⋯"

"不，老师，您是我们最好的老师！当年要是没有您的及时提醒，我不可能有今天⋯⋯"已经是企业老总的"糊里糊涂"眼圈红红地说。

"老师，最该感谢您的人应该是我⋯⋯"现担任某局局长的"稳不住"紧紧握着马老师的手说。

"老师，我这还有一枚上初三时您写字用过的粉笔头。""稳不住"手捧着一枚雪白的粉笔头。

"老师，我这也有一枚。"

"我也有一枚。"

⋯⋯

在场的 54 个人，54 枚大小不一的粉笔头，整齐地排列在老师的床头。

"我们都很怀念那段时光，想念您的粉笔头，多想您能再教我们一回！"

"我也常常想起您，真想再回到教室，再听一次您的课！"

⋯⋯

马老师听着听着，脸上露出了幸福的微笑，两行热泪从塌陷的眼窝里流出，停在了那张瘦削的面颊上⋯⋯

◀ 发现一个新物种

　　A城最近爆出一则新闻，城南某角落里发现一个不明物种。消息一出，立即引起广大市民和各地专家的密切关注。物种专家纷纷从全国各地赶到A城，对这个不明物种进行科学研究分析。

　　在A城博物馆里，专家们看到，这个不明物种有头有躯干，但没有嘴巴、鼻子，也没有手、脚，没有毛发，乍一看就像一个肉树桩，奇怪的是它有生命。专家联想到传说中的"太岁"，但经过几个月的缜密研究，发现此物并非"太岁"。那它到底是什么呢？从哪儿来的？有什么奇特用途和功能？这些，人们都一无所知，真是疑团重重。这个神秘的物种越发吊起了专家们的胃口，每个人都想成为破译这个神秘物种的第一人。

　　研究又持续了很长时间，但专家们仍然一无所获，一时处在停滞状态。正当研究陷入僵局，京城来的资深复原专家根据这个不明物体的形状对其各部位进行模拟复原，终于绘出了复原图。面对复原塑像，专家一时呆若木鸡：这个不明物体此前居然可能是一个人，而且是一个曾经有嘴巴、有鼻子、有胳膊有腿的健全的现代青年男子！可常识告诉人们，这种没有嘴巴、鼻子、胳膊、腿的人是不可能存活的。有人联想到民间传说的鬼，可鬼虽然被人们传得神乎其神，似乎无处不在，却是没有形体的，更不可能大白天现身。那它到底是什么呢？没有人能够做出准确判断。复原专家一度陷入困惑迷惘之中。

这是一位倔强的忠诚于科学的专家，他早已下定决心，一定要攻克这个科学难关。他拿着复原塑像又一次站到这个不明物种前，反复比较、端详、揣摩，如痴如醉地进行观察推理。就在这时，这个不明物种居然说话了，它没有嘴巴，谁也搞不清是靠什么说话，可人们清清楚楚地听见它在说话，那种声音像人，又似乎不像——

"我以前也是一个人，和你们一样有嘴巴。那时候我是单位的会计，那是一个很大的单位，每天进出几百万、几千万的资金。我知道，那些钱都是老百姓的血汗钱，一分钱也不能乱花。我们领导多次从我这儿取钱，用于购买私人豪华别墅、包养情妇、向上级领导行贿。有一回，一次就拿走了一百万。我劝他，没用，还让我别多管闲事。万般无奈，我说我要举报他。领导慌了，拿出五十万堵我的嘴，被我拒绝了。最后，我毅然举报了领导。没想到领导非但没有被惩处，反而连升三级。我却以莫须有的罪名被单位开除了。我四处喊冤叫屈，结果无人理睬，不少人嘲笑我多管闲事，活该倒霉。我失望极了，为了不再重蹈祸从口出的覆辙，我开始自残，用一把小刀一下一下割掉了自己的嘴巴，拿去喂了领导家的那条宠物狗。这就是我现在没有了嘴巴的原因。

"我也曾有耳朵和眼睛。我的耳朵灵敏得出了名，很远的声音都能听得见辨得清，人送我"顺风耳"。我的眼睛明亮得像探照灯，无论多么远的东西都能看得一清二楚。还有我能通过辨声、观形洞察人的内心世界。我发现，这世界虚假的声音、虚假的事情太多了，我的眼睛和耳朵天天处在这种污染之中。我懊恼极了，我决定远离这种污染。于是，我一狠心割掉了自己的耳朵、挖掉了自己的双眼。现在我什么也看不见也听不到了，心里清静了。

"我的鼻子更是灵敏，任何人只要经我一闻，就能立即辨出这个人是好是坏，是敌是友。我发现，我的周围很多人都唯利是图、勾心斗角，他们没有人情味，只有铜臭味。我长着这样一幅鼻子，没想到却给我带来了这么多苦恼。我决定抛弃它，于是我再次对自己实施了自残，亲手割掉了自己的鼻子。现在我什么味道都闻不到了，就连大便也闻不到香臭了。

"还有，我和你们一样也曾有手有脚。我常常帮助别人，跑了不少路，做了不少好事，可人们却不理解我，就连那些受到过我帮助的人也并不领情。有一次，碰到一起车祸，一个小青年躺在血泊里，肇事车辆早已逃之夭夭；所有路过的人没有一个人停下来施救。我用车把那小青年送到医院，还垫付了上千元的医药费。没想到，小青年的家属却认定我是肇事车主，要我索赔。万般无奈，我只好和他们打官司，两个月下来，最终赢了这场官司，我身心疲惫极了。不少人嘲笑我，说我是傻子，就连妻子也不理解，骂我是二百五。我气恼之下，举起柴刀，将自己的手脚砍掉。

这样我哪儿也去不了，也不能做什么，再也不用手贱了。

"我还求人拔掉了我的头发、剥去了我的皮肤……我亲手或者请求他人毁掉了我身体的许多器官，我失去了很多，我非但不痛苦，反而感到很幸福很快乐，现在我的世界是一个明朗干净的世界。我练成了一种特异功能，我不用嘴巴却能照常说话，但我从来不轻易说话；我不用腿脚却照常可以行走，我让我的思想和心灵替代腿脚反而走得更远更远……我现在完全不同于你们人类。你们别指望将我复原，让我重新回归人类，再过以前那样的生活。我不想，如果你们这样做，我可以明白地告诉你们，这简直是痴人说梦，是一件再愚蠢不过的事。我已经不是人。我郑重地警告你们，赶快走开，不要打扰我平静的生活……"

复原学家听了，长时间默默不语。第二天，复原学家把不明物种的话原封不动转述给人们，并请求人们不要再打扰它。A城人都沉默了，整座城市都陷入极度沉默之中。

消息传到联合国，不久联合国一个秘密小组悄悄来到A城博物馆，将这个不明物种带走了。几个月后，联合国科学与技术协作小组在世界权威刊物发表了一篇论文，报告了在中国A城发现一个新物种的消息，但他们也无法给这个新物种命名，只好在论文中将这个新物种起了个替代名"X"。

◀ 叫你一声小名

记忆中，儿子已经很久没有听娘叫过自己的小名了。

儿子八岁那年，也就是从爹私奔的第二天开始，娘就再也没叫过自己的小名。其实，儿子是有小名的，儿子的小名叫蛋蛋。

爹是个木匠，爹的木匠活名扬方圆几十里。爹在做木匠活时认识了雇主的女人，爹跟她好上了，木匠活没干完，爹就跟她连夜跑了，从此便音信全无。

娘是在雇主找上门的时候，才得知爹拐了人家的女人跑了的消息。娘一下子惊呆了，傻了。娘不相信，这是那个和她从小一起放牛、两小无猜的人做的事吗？娘一百个不信！一夜之间，娘的头发全白了，人一下子苍老了许多。娘知道，爹不可能回来了。天亮了，儿子迷迷糊糊中听娘说："蛋蛋，你爹不要我们了。"这是娘最后一次叫他的小名。

第二天，娘把他叫到跟前，娘咬着牙根，一字一顿地说："以后，不许再提你爹！"娘的脸色好吓人。就是从那天开始，娘不再叫他的小名，只是用"哎"。他听着很别扭。他想让娘改口叫小名，可娘的脸阴沉着，没有半点商量的余地，他只好憋住了。从此，娘和他之间的称呼简化成了简短的两个字："哎？""嗯！"

每次听到小伙伴们的爹娘都叫小名，而他好像没有了名字。他好羡慕好羡慕。有一次他忘了，说话带了一句俺爹，娘听见了，狠狠地打了他一顿。那一刻，他恨死了爹，都是爹不好，爹不要他们娘俩了。

他几次都在梦中听到娘喊自己小名笑着醒来的。醒来一看四周一片漆黑，泪水止不住滚滚而下，打湿了厚厚的枕巾。他发誓，以后再也不叫爹，不说关于爹的一个字。

没有了爹就没有了顶梁柱，日子变得了无生气，可娘却变得出奇地坚强。娘断然拒绝了媒婆们的好意，因为娘的心里再也容不下第二个男人。娘和村里的大老爷们一样推车、耕地、扛大包，一样外出打工，村里人不再把娘当女人。一年又一年。

娘把他送进校门，从此他有了学名。从那时起，娘无论在家里还是在外边，只叫他的大名。

他学习很优秀，高中毕业考取了一所重点大学。四年后，大学毕业，他在城里找了工作，结了婚，安了家，有了自己的儿子。他不止一次动员娘跟他到城里住，娘迟迟不肯答应，娘说她还能动，等她不能动了就去儿子家住。娘隔些日子给他送来时鲜的蔬菜、杂粮。每次来，娘依然公事公办地喊他的大名。

每当听到妻子叫着儿子的小名喊吃饭，他心里就莫名地产生一种冲动，那一刻他多想妻子就是娘，多想听到一句："蛋蛋，吃饭了！"很多次，听着妻子的喊声，他转过身，泪水潸然而下。

渴望、失望，失望，渴望。树叶绿了又黄了，黄了又绿了。转眼30年过去了。娘老了，娘走路都困难了；娘病了，娘到了该走的时候了。

娘把他叫到床前，娘伸出干枯如柴的手，嘴唇青紫、眼圈乌黑、眼睛塌陷。娘直直地看着他，嘴唇哆嗦着，也不知过了多久，娘终于说出了一句话：

"麦熟一晌，人老一时。娘知道，娘就要走了。这么多年，也不知道你爹那老东西过得怎么样了？他那气管炎的毛病重了没有？自从你爹走了这么多年，我从来没叫过你的小名，你不要怨娘心狠。娘亏欠了你的，到下辈子再还吧。知道吗？你的小名是你爹起的，为了给你起个好听的名字，我和你的爹争论了三天三夜。娘现在就一个心愿，能让我再叫你一声小名吗？"

他的身子猛然一颤，就在昨天，爹的女人来信了，说他爹走了，临走还喊着他娘的名字。

他噙着泪水，重重地点了点头。

娘的嘴唇哆嗦着，努力地张着嘴，他知道娘要喊他的小名了。三十年了，这是娘第一次喊他的小名。他竖起耳朵，紧紧拉着娘的手，紧张地等待着那句别了三十年的声音。娘的嘴唇动了，突然娘的嗓子传出呼隆一阵巨响，紧接着一阵猛咳，娘的身子剧烈地颤抖了几下，就再也没有了半点生息。病房里鸦雀无声。

蓦地，发出一阵阵惊天动地的喊声——

"蛋蛋——"

◀ 兰花指

"兰花指"是我的一位初中同学，本名鲁智深，那三个字和《水浒传》里那个大名鼎鼎的鲁提辖鲁智深一模一样。

在我们县二中初一八班 65 个同学中，"兰花指"是很有些特别的。全班同学数他个头最矮，两颗大门牙呲歪着，很容易让人产生些联想。还有，只他一个是农民工子弟，这给他招引来不少别样的目光。

这当然不算什么，兰花指鹤立鸡群的地方是他左手那个习惯性动作——兰花指。有事没事，他总时不时将左手掌伸出来，中指向前，其余四指后仰，状似山崖上怒放着的一朵兰花。大约是他插进我们班的当天，就有人发现了他的这个动作，自然而然地吸引了全班同学的眼球。不久他便得了一个新称谓——"兰花指"。

"兰花指"的性格比较内向，平日里嘴巴闭得紧紧的，从不主动与人说话，即便我们当着他的面叫"兰花指"，他也不嘻不怒，一副事不关己高高挂起的样子，好像大家叫得人不是他。我们班几个女生常背后嘀咕："这鲁智深，假的！白白糟蹋了这三字。要是那个梁山好汉鲁智深在世的话，一定会揍扁了他。看你还敢叫鲁智深！小样！将来找对象千万别找这样的孬种！"

上天就好捉弄人，越不想的事偏遇到了。分组，我和"兰花指"分到了一个组。排座位，又和他成了同桌。这事搞得我这个能吃的大胖子天天吃饭没了胃口，硬是不长时间成了骨感美女。

那天大扫除，我们组一共六个人，负责打扫教室后的那片卫生区。我们几个人都耍滑惯了，不是这个站着玩，就是那个吃瓜子，我则跑到一棵松树下看起了课外书。只有一个人在挥舞着一把大扫帚，认真地清理着卫生区的卫生。不用问，就在知道是"兰花指"。我注意到，此时尽管手里拿着一把大扫帚，可他那个左手仍然作着兰花指状。

"真是个傻帽！"我和小马笑着说。他好像听到了，又好像没听到，只管默默地干他的，后背都湿了，脸上汗水呱嗒落在地上。本来一个组的任务愣是让他一个人完了，这情景，让我突然想起了那个鲁提辖鲁智深。别说，真有点像，别的不说，那把大扫帚挥来挥去，就有点像鲁提辖的禅杖——要是没有那个兰花指的话。

"兰花指"学习挺用功，成绩数一数二，尤其数学最棒。而我最愁的就是数学。这一点让我这中等生很是信服，也是唯一对他有点好感的地方。进入期末复习最紧张的阶段，大家都争分夺秒，谁也顾不上谁，都怕别人超过了自己。碰到数学难题，吭哧不出来，明明"兰花指"就在身边，可我偏偏不问他，去问前后桌，他们都不是说不会就是没时间。没办法，只好硬着头皮问"兰花指"。每次"兰花指"都认认真真解答，百问不厌，活脱脱一个小先生。这也是他唯一说话多的时候。只是讲着讲着，那只手又作着兰花指状，我很觉得好笑。

虽然课上用着他的时候我才会和他搭话，下了课立时变了样，照旧和那几个女生取笑他，背后拿他开涮。

我们学校前面有一条大马路，马路上有个大斜坡，天天来往的车辆不断。那天我买了几包瓜子，请那几个死党女伴一起品尝。正当我们在这条大路的斜坡下端逛着，潇洒地磕着瓜子的时候，突然听到身后有人喊"聂兰，快闪开！"没等回过头，身子就被一股巨大的力量猛地往一侧一推，差点把我推倒。同时有人扑倒在一边。这当儿，一辆大货车从我的一旁飞驰而过。好险啊！惊魂未定，这才看清是趴在地上的那人居然是"兰花指"，原来刚才是他在背后推了我一把。要不是他，我可能……想想真是后怕！这时他吃力地爬起来，他的手掌和膝盖被磕破了，上面沾了不少沙粒。我慌了，劝他赶紧去卫生室包包。他拍打了一下身上的土，嘿嘿一笑，说不打紧，走了。我又一次注意到，他在拍打土的时候，左手又做着兰花指。

有了这次救命之恩，我对"兰花指"的态度有些改变，课下主动跟他说话，但他仍然话头不多。想到他那个兰花指，几次想问他为什么这样，可一直没好意思开口。

新学期开学后，"兰花指"没有回来。我四下打听，终于得知，暑假时候，"兰花指"的父亲在盖楼时不慎从楼顶上跌下来，造成终身瘫痪，"兰花指"只得辍学回老家照顾父亲去了。

那一刻，不知怎么的，我鼻子一酸，泪水哗哗地流下来了……

虽然至今我也不知道"兰花指"，不，我应该叫鲁智深，为什么时不时作兰花指状，是故意作态？是天生的？还是受过某种伤害？还是……一切都无从了解。也许这辈子那个兰花指都将是我心中最凄美的一个谜。

写到这里，一低头，我清清楚楚地看到，此刻我的右手正拿着一本《水浒传》，左手摆着一个标准的兰花指。

◀ 拉姆先生的管家

迪卡是墨尔本市的一名初中生，他是个非常聪明好学的学生。迪卡的家在农村，迪卡从小失去了父亲，和打短工的母亲相依为命。

一次偶然的机会，迪卡亲耳聆听了一位街头小提琴家演奏的曲子，那高山流水一样的旋律深深吸引住了迪卡。那一刻，潜藏在迪卡心底的音乐之神被唤醒了。迪卡痴迷上了小提琴，他做梦都想拥有一把小提琴，这样他也可以演奏出动听的曲子。但迪卡知道这只能是做梦而已，迪卡的母亲实在没有能力给儿子买这样一把至少上千澳元的小提琴。

迪卡也曾试图自己做一把小提琴，可每次都失败了。迪卡为此很苦恼，暗地里不知偷偷哭过多少次。要是有人肯拿他的命去换一把小提琴，他都会毫不犹豫地让人拿去。可谁会无缘无故给他这样一个穷孩子一把小提琴呢？

迪卡的家离学校有很长一段路。路旁那片树林子边上，有一座很美的别墅，要不是一阵悠扬的小提琴声，也许这座别墅会永远与他无关。

那天下午，迪卡独自一人走在放学回家的路上。正百无聊赖地踢着石子走着，忽而耳畔传来一阵悠扬的小提琴声。迪卡立即竖起耳朵听，那音乐真是太美妙了，比上次在街头听到的不知强了多少倍，简直是天籁之音。迪卡被深深吸引住了，他发现琴声来自那座别墅。因为琴声，迪卡这次到家天都黑了。

第二天，迪卡路过这里，琴声再次响起。一连几天，迪卡每次都能听到那动听的小提琴声，迪卡已经离不开这琴声了。

可就在一周后琴声没有了，迪卡很纳闷，莫非那个拉提琴的人病了？或者搬走了？

强烈的好奇心把迪卡引到了这座别墅前。奇怪，别墅的大门敞开着，连屋门也没上锁，整个别墅静悄悄的，一个人影也没有。迪卡心里一阵狂喜。"我一定要得到那把发出美妙绝伦音乐的小提琴！"迪卡在一个宽敞的房间里找到了一把小提琴，这是一把古铜色的小提琴，琴头上还系着一条红穗头，穗头下缀着一尾栩栩如生的塑料小金鱼。迪卡立即被吸引住了，他欣喜若狂，早已忘记了自己是在别人的家里。迪卡轻轻模仿着那位街头演奏家的动作轻轻一拨拉，顿时发出一声清脆悦耳的声响。迪卡太高兴了，情不自禁地自拉自唱起来，完全陶醉其中。

不知过了多久，迪卡终于从自己的音乐中醒来，小心翼翼地装好琴，放在胳膊下夹着，转身要走，却见一个身穿黑色大衣、长眉毛、蓄着长胡子的中年男子站在一旁，正静静地看着他。迪卡大吃一惊，脸色都变了，嘴唇哆嗦着一句话也说不出来。倒是那个大胡子先开了口："你好，你是拉姆先生的外甥鲁本？我是他的管家，前两天我听拉姆先生说他有一个住在乡下的外甥要来，一定是你了，你和他长得真像。"

迪卡一愣，什么拉姆先生？一定是他搞错了，把我当成那个什么鲁本？迪卡稳了稳神，计上心来：我何不将错就错？躲过一劫再说。迪卡拿定主意，连忙鸡啄米似的点头。

"来，过来坐下，告诉我在哪上学？上几年级了？"大胡子说着，走上前，拍拍迪卡的肩膀。

迪卡局促不安，眼睛一眨不眨地看着大胡子，生怕一不小心被大胡子识破捉住送进警察局，那可就全完了。大胡子很友善地和迪卡拉着家常，迪卡紧张的心渐渐地放松下来。迪卡告诉大胡子，自己非常喜欢小提琴，可家里太穷买不起。迪卡说着，把一直夹在胳膊下的那把小提琴小心翼翼地放在一边。

大胡子轻轻拿起小提琴，温柔地抚摸着，片刻之后，大胡子说话了："这把小提琴是我五岁生日的时候妈妈送给我的，为了买这把琴，她整整捡了一年的破烂。看你这么喜欢，我今天把它送给你……"

迪卡那天怎么走出别墅的，连他自己都记不清了，只记得那是自己有生以来最快乐的一天。他不知道，大胡子是澳洲最著名的小提琴演奏家。

三年后，墨尔本市举行中学生音乐竞技比赛，大胡子作为澳洲音乐学会副会长被聘为比赛的首席评委。今天的大胡子早已不是以前的容颜：两年前的一场车祸彻底改变了大胡子的相貌，他胡子只得整了容，并且早已搬出了那所别墅。

比赛紧张进行着。最后上场的是一个十六七岁的少年，他演奏的小提琴引起了大胡子的注意。他流利舒畅优美的演奏深深打动了大胡子，那是他这几年参加的几十次小提琴大赛中听到的最好的演奏。小伙子以绝对优势取得了本次比赛的冠军，被保送墨尔本音乐学院。

演奏结束，可大胡子的目光始终没有离开那个少年，更没离开那把古铜色的小提琴。在那把琴的琴头上，大胡子发现了那枚再熟悉不过的塑料小金鱼。

颁奖仪式开始了，每个获奖者都要发表获奖感言，出乎所有人的意料，那位获得冠军的少年满含深情地讲述了三年前的那个黄昏，在那座别墅里发生的改变他一生命运的故事……

大胡子坐在评委席上，眼里噙满了泪水。他觉得，这是他一生中创作的最成功最珍贵的作品。

◀ 空位

"你说，这是怎么搞的？你们班明明只有 55 个人，为什么上报 56 个？这不是弄虚作假砸学校的牌子吗？你给我说清楚，那个空位是怎么回事？！"

初一（1）班的班主任赵老师前脚刚跨进校长室，司马校长就怒气冲冲地朝他发火了。

也难怪司马校长发火，上午县教育局基教科的马老师来学校检查固生工作，赵老师的班报了 56 名学生，可负责检查的马老师进教室一统计，却发现班里只有 55 个学生，并且教室中间一排的第三个位子空着。铁证如山，说明这个学生的的确确辍学了。

学生辍学这在哪一所学校都是天大的事，因为县教育局每年一度的年终量化考核，明确规定超过限定辍学率，考核一票否决，干了一年的工作就算是白干了。从上到下，这么重视学生辍学，你当班主任的不及时上报，不设法补上，这是严重失职，是重大教学事故，是给学校脸上抹黑。你赵老师就等着挨处分吧！这不，刚送走教育局的马老师，司马校长就把赵老师找来了。

司马校长铁青着脸，拿烟的手颤抖着，烟头眼看就要烧着手指了，却浑然不觉，眼睛自始至终紧盯着赵老师的脸。

赵老师沉默了许久，终于开口了："校长，您先别生气，我们班的确有56名学生。"

"你说，少的那个学生哪儿去了？"司马校长质问道。

"校长，您还记得那个李小米吗？"

"李小米？就是那个很淘气、经常给学校惹个小乱子的混小子李小米？"

"是他，两个月前他出车祸死了。"赵老师说到这里，顿了顿，摘下眼镜，擦了擦眼睛。

"这我知道。哎，小小年纪就这么走了，可惜了。"司马校长不无惋惜地说。

"那个空位子就是留给他的。"赵老师说道。

"给他留的？这人死不能复生，既然人已经不在了，为什么还给他留着位子？还有，计算人数时为何把他还算在你们班？"

"这——校长，请您跟我一块到教室里走走好吗？"赵老师恳请说。

"去教室？干什么？"司马校长疑惑地看着赵老师，不知道他葫芦里卖的什么药。

"去了您就知道了。"

"好吧，我跟你去。"

司马校长和赵老师一前一后进了教室。

这是下午第三节自习时间。教室里，学生正在专心致志地自习。

司马校长扫视了教室一眼，很显然，他对学生的表现很满意。然而，当目光落在中间那个空着的位子上时，司马校长的脸色顿时晴转多云。

赵老师走上讲台，轻轻敲了敲讲桌，说："同学们，请停一下。"

学生齐刷刷地抬起头，愣愣地看着赵老师和司马校长。

"同学们，我有一个问题想请同学们解答。"赵老师说着，看了司马校长一眼，接着说，"请大家谈一谈你心目中的李小米是一位什么样的同学好吗？谁先说？"

"老师，我先说。"

"不，老师我跟他同桌，我先说。"

"不行，他是我最要好的同学，我先说。"

……

赵老师话音未落，学生便争先恐后地说起自己心目中的李小米来。

司马校长静静地听着。

听着听着，司马校长的眼睛湿润了。在他的眼前，分明看到了另一个李小米，一个曾经将自己零用钱捐给灾区的李小米，一个为了解开一道数学难题而步行七八里找老师请教的李小米，一个在运动会上不小心摔倒了却坚持跑完全程的李小米，一个……

"多可爱的一个孩子啊！"司马校长由衷地惋惜道。

正惋惜着，司马校长突然发现教室里不知什么时候静下来了。

他再次用目光环视了一圈教室，只见每个同学的脸上都挂满了晶莹的泪珠。和李小米前后桌的那几位女生伏在桌子上，肩头一起一伏，发出轻轻的啜泣声。

"我们喜欢李小米！"

"李小米，我们爱你！"

"李小米，我想你！"

"李小米永远和我们在一起！"

……

也不知是谁喊出的第一声，全班同学一个接一个深情地呼唤着。骤然间，教室里汇成了情感的海洋。

司马校长震撼了，望着眼前这群可爱的有情有义的孩子，他再次将目光落在那个空空的座位上，久久的，久久的……

突然，司马校长用颤抖的声音说："对！孩子们，李小米永远和你们在一起，他永远属于我们这个班，中间的这个空位也永远属于李小米！"司马校长说完，两行热泪早已滚滚而出。

第四辑

谁给你的爱不留缝隙

◀ 神秘的小盒子

赵德一进家门，吹了吹手背上厚厚的一层粉笔灰，弯腰洗手。妻子秀英拿着一条白毛巾走过来，往丈夫身上一搭，接着数落开了：

"你说别人都没个愿意接二（1）班这个烂摊子的，就你逞能？领导安排的也就罢了，偏偏是你自告奋勇当什么班主任，这不是自讨苦吃？那个'打架大王'赵大有、'坐不住大王'牛小东……多少班主任都败在他们手里，你管得了吗？带不好别人怎么说？"

赵德擦一把脸，说："咱手里没有金刚钻敢揽瓷器活？那些孩子管理起来的确会有一定难度，可我相信没有哪个学生不想上进。差点忘了，有一件事要麻烦你，借用一下你那个首饰盒，带小锁的那个。"

"要盒子干吗？"秀英不解地问。

"天机不可泄露，你只需给我就行，用完保证完璧归赵。"赵德故意神秘地说。

秀英看了看丈夫，迟疑了一会儿，转身从屋里拿出一个粉笔盒大小的粉红盒子，说："给我保管好了，不许弄坏了，否则跟你没完！"

第二天，二（1）班学生发现了一个奇怪的事：语文老师的讲台上多了一个带锁的粉色小盒。这是干什么用的？里面装着什么？眼瞅着这个小盒子，学生们心里嘀嘀咕咕。

时间一分一秒地过去了，大家原以为这堂课会用着它，可一堂课上了一大半，赵老师却一动也没动那个盒子。

咦，什么盒子这么宝贝？牛小东早就坐不住了，在下边小声叽咕着。赵大有嚷嚷着，打开盒子看看！赵老师目光严厉地看了他俩一眼，两人这才稍微收敛了一些。

再过3分钟就要下课了，赵老师这才不紧不慢地拿出厚厚一摞小纸片，微笑着看着大家，目光在每一个同学的脸上轻轻掠过。然后，他在纸片上飞快地写着什么，写完从口袋里掏出一把小钥匙，轻轻打开小盒子，将纸片小心翼翼地一一放进小盒子里，落上锁。大家目不转睛地看着赵老师的这一连串动作，心里越发纳闷。

做完这一切，赵老师抬头微笑着看着大家，说："下课。"

赵老师刚走出教室，后边立即炸开了锅：这个新班主任到底搞什么名堂？纸条上都写了些啥？大家纷纷猜测着、议论着。

肯定与我们有关！

"哎，班主任看赵大有、牛小东了，纸条上肯定是他们的违纪记录。"机灵鬼毛宁自作聪明地说。

这么说这是老师的小账本？！

肯定是。

"牛小东、赵大有你们以后可要小心了，说不上老师哪一天来个秋后算账，罪恶多了，告你们家长，那样你俩可就惨了。"毛宁一惊一乍地说。

"什么？老师敢记我的小账？"赵大有不服气地说。

"要真的记我的小账，我就把那个盒子……"牛小东欲言又止。

"你敢怎么样？净吹牛吧你！"

……

另外几个不守纪律的学生紧跟着起哄说。

第二天，离下课还有 3 分钟的时候，赵老师又拿出厚厚一摞小纸片，微笑着看着大家，目光在每一个同学的脸上轻轻掠过。然后，他又在纸片上飞快地写着什么。写完了从口袋里掏出一把小钥匙，轻轻打开小盒子，将纸片小心翼翼地一一放进小盒子里，落上锁，又仔细地看了看，似乎确定锁好了这才放了心。大家都很纳闷，心里怦怦直跳。赵大有、牛小东等一个个抻长了脖子，往讲台上张望着。

第三天、第四天……一连两个星期，赵老师每一节课上都会在小纸片上写下什么，再一一放进小盒子里，锁好。

大家的好奇心与日俱增，每一个人都想早一天打开这个神秘兮兮的小盒子，亲眼看一看里面究竟藏什么秘密。

机会终于来了。

这天，快下课的时候，赵老师刚把写好的小纸条放进小盒子里，好像有什么紧急事出去了。也许因为走的太匆忙，那个小盒子和教本都忘在了讲台上，更要命的是小盒子没有落锁。

"真是天助我也！"赵大有兴奋地说。

"打开，打开！"牛小东也鼓动说。

尽管班长和其他班干部都反对赵大有这么做，可天不怕地不怕的赵大有还是一把抢过盒子，啪嗒，打开了小盒，将那些纸条一片片抽出来，朗声念道：

"这节课马林同学听课最认真……

牟利同学这节课回答问题最积极……

赵雅丽的这次作业书写比上次认真多了……

赵大有……"

赵大有念到这里，声音突然低了下来。一旁的牛小东一把夺过纸片，念道："赵大有人很聪明，观察力很强，只要好好引导，将来会成为一名优秀的学生……"牛小东看了一眼赵大有，大有的眼睛早已润湿了，升入初中以来，还没有一个老师这么评价过自己！

"牛小东同学……"

牛小东念到这里也声音低了下来。

毛宁抢过去念道："这节课牛小东能够安稳坐 10 分钟，没有干扰同桌学习，不错，有进步，可见他的自制力是有的……"牛小东的脸红得像熟透了的苹果。

"毛宁……"

全班 52 个同学每个人都在小盒子里找到了属于自己的"小纸片"，每一张纸片上都写着近期以来每个人的点滴进步和优点。

"这哪是记小账，这是闪光集，是引导我们进步的阶梯！""大文豪"李成诗兴大发地说。

突然，教室里一下子静下来。

李成看到，每一个人的眼里都泪花闪闪。

从此，每个人都以自己的名字能被老师写进小盒子里而骄傲。一个学期后，这个出了名的后进班一跃成为全校的模范班级。

可是学生们谁也没想到，那次小盒子忘在讲台上没上锁是赵老师精心设计的天机——故意放在那里的。

◀ 送饭

　　张老师第一眼看到她就怔住了。坐在第一排的那个女孩，高挑的个子、圆圆的脸蛋、两个深深的酒窝，正目不转睛地看着他。那一刻，他突然想起了自己的女儿，身子不由一颤，嘴半张着，差点喊出了女儿的名字。

　　这是张老师给初一新生上的第一堂课。这堂课是怎么上的，事后自己也记不起来了，脑子被两个女孩儿占满了。一忽儿是自己的女儿，一忽儿又是眼前的她，就这么反反复复，一节课糊里糊涂过去了。

　　从那天起，张老师有意无意注意起这个长相跟自己女儿极其相似的女孩。

　　农村中学大都有一个习惯，每逢周三中午，家长们纷纷涌到学校给孩子送饭、补充食粮、换洗衣物。所以，一到周三是学校最热闹的时候，也是学生最兴奋最激动的时刻。那种温馨、幸福的场面常常令张老师眼里噙满了泪水。

张老师发现女孩有些反常是在两周后。一到周三,女孩情绪就很低落,一整天不见一点笑模样,一脸的忧郁。有着多年班主任工作经验的张老师意识到,女孩的心里肯定有事。张老师决定跟女孩好好谈谈,于是在那个落日的黄昏,学校前的小道上,女孩向老师敞开了心扉。

女孩家在距校几十里外的一个小山村,母亲早亡,腿有残疾的父亲守着三亩薄地勉强度日。在那个偏僻闭塞的小村子里,人们至今固守着重男轻女的思想,但要强的父亲却立下誓言:再苦再累也要供养女儿上学。女孩是那个小村子里走出来的第一个女初中生。开学快一个月了,父亲从没到校看望过她一次,更没给她送过一次饭,女孩说。

从女孩的讲述中,张老师听出了一个声音,女孩多想自己和其他同学那样,每到周三家里能有人给她送饭,有人来看她,那种被遗忘的感觉深深笼罩着她。张老师默默地听着,一种心疼的感觉悄然袭上心头。抬起头,向远处的群山望去,那里有他温暖的家、善良朴实的妻子。抬起手,他轻轻拍了拍女孩的肩膀,意味深长地说,一切都会好起来的。

女孩恳求说:"老师,不要把我家里的情况告诉班里的同学好吗?"张老师看着女孩的脸,重重地点了点头:"放心吧,老师一定替你保密。"

又是一个周三,又是家长送饭的日子。放学了,女孩被传达室的老师叫出来,说门外有人找她。女孩很疑惑。回来的时候,女孩手里多了一包干粮和一双新布鞋,微笑和幸福溢满了女孩的脸。

从此，每到周三中午放学，女孩和班里其他同学一样，一阵风地跑到校门外，从一个中年妇女的手里接过一包干粮，或者一沓零钱、一件新衣服。很多次，女孩接过这些东西，一转身，眼泪簌簌地流下来。一些淘气的男生看多了，就给她起了个"爱掉金豆豆的女孩"的绰号。女孩并不讨厌这个名字，反而是很幸福的样子。

时间长了，许多同学都很羡慕女孩有个好妈妈。这个说，你妈又来送饭了，你真幸福。那个说，你妈真细心，考虑得真周到。更有调皮的说，我真想也做你妈的女儿，你可要小心了，别让我抢了你妈……每当这个时候，女孩总是娇嗔地说，你敢！嘴上这样说，晚上回到宿舍，女孩总是久久不能入睡，第二天早晨，眼睛红红的。

日子一天天过去，女孩变得越来越开朗，脸色越发红润，衣着干干净净，学习成绩更是突飞猛进。张老师看在眼里，喜在心上。

三年转眼过去了。三年，每个周三，不管刮风下雨、烈日严寒，中年妇女都准时到校给女孩送饭，从没落过一次，女孩的眼泪也掉了一次又一次。

那年中考，女孩以全年级第一的成绩考入了县重点中学。

明天就要上高中了，女孩来到张老师的家。刚走进家门，女孩一眼看见了那位常给她到校送饭的中年妇女也在张老师家。

"阿姨，您……您怎么会在这儿？"女孩惊喜地说。只片刻工夫，她便明白过来，原来张老师说的那位志愿资助自己，给自己送了三年饭的妇女，不是别人，正是自己的师母！

送你一片红叶

女孩和师母娓娓而谈。女孩第一次得知，张老师和师母曾经有个跟自己长相几乎一模一样、同年同月生的女儿，在几年前不幸病故。女孩捧着师母女儿的照片流泪了……

离开张老师家的时候，女孩说："娘，您还会像以前那样每周都给我送饭吗？"

"傻孩子，放心吧！别忘了你是我们的女儿呀，哪有当娘的不给自己孩子送饭的道理？老张，你说是吧？"

"那是那是。"

女孩含着泪笑了，那两个酒窝更深了……

◀ 谁给你的爱不留缝隙

高一那年，父亲做小生意被骗走了 5000 元。这 5000 元大半是借来的，这使得本来就不富裕的家一下子陷入了困顿之中。父亲痛苦不堪，整天借酒消愁。我和母亲轮番劝说父亲振作起来，可一切无济于事。渐渐的，父亲喝酒成瘾，两天一小醉三天一大醉，有时醉倒在大街上。没有钱，父亲开始借钱，弄得天天有到家里要账的，家里吃了上顿愁下顿。母亲夜夜以泪洗面，从母亲的眼神中我看到一种从没见过的愤怒和绝望。

一天早晨，当我醒来的时候，发现母亲不在了，只在我的床头留下一封信。信中写道："平儿，你父亲变了，妈再也忍受不了这种生活，我走了，不要找我，好好劝劝你父亲，好好学习……千万不要找我，我不会让你找到的……妈妈爱你、爱这个家。"

我气愤极了，万万没想到在我们家最困难的时候，妈妈居然嫌贫爱富抛下我们爷俩走了，去过她的逍遥自在的好日子去了。还说"爱你、爱这个家"，多么虚伪的人！我伤心欲绝，一下撕碎了信，狠狠地一扬手抛向半空，那些纸片如雪片般散开又落下，重重地砸在我的脚下，砸在我的心上。从此，我恨透了母亲。

母亲走后，父亲把自己关在屋里整整三天三夜，当第三天他出来的时候，我几乎认不出他来了。头发凌乱不堪，脸颊瘦了一圈，父亲一下苍老了10岁，不，是20岁！

我把全部的罪过都推在妈妈的身上，在父亲面前，我不愿提母亲的任何事，甚至她的名字也不想听到。有时实在躲不过，我把母亲说成是"那个嫌贫爱富的人"。每当这时，父亲便呵斥我："住嘴，不许这样叫你的母亲！这一切都是我自己造的孽，不怨你妈！"看着悔过的父亲，我心疼极了，越发激起了对母亲的恨。

从那以后，父亲戒了酒，在镇上的一家小厂子打工赚钱还债。父亲把打工赚来的很少的钱全部拿去还债，已经没有闲钱给我交学费了。

那天早晨，我空手去了学校，看着其他同学都拿着钱说说笑笑地交学费，我却只有躲在一边抹眼泪的份。我决心找班主任说明情况，等以后有了钱再交。没想到，班主任却说我的已经交了。

交了？谁交的？我诧异了。"是我爸爸？"班主任摇摇头，"那还有谁？"我疑惑不解地看着班主任。班主任说："不要问了，反正交了就行，你好好念书，不要想别的。"难道是班主任替我交的？我知道，班主任曾经多次给班上困难的同学垫付学费。我感激地看着班主任。

夏天刚过，天冷还没转凉。一天，班主任把我叫到办公室，递给我一件新毛衣。我问谁给的，班主任说不要问了，只管天冷的时候穿上就行了。我推辞不要，可班主任坚持要我收下。我猜想，一准是班主任给买的。当我拿着毛衣回到宿舍，女同学都羡慕极了，夸我有个知冷知热的好妈妈。听着同学的夸奖，我鼻子一酸，眼泪哗哗流下来。同学们哪，你们哪里知道，班主任才是我的好妈妈。

我心里是多么希望给我交学费、早早准备好毛衣的是母亲，而不是班主任！

在一次作文中，老师让写一句话给母亲，我这样写道："母亲，我恨恨恨恨……你！"我用黑墨水一口气写了十几个大大的恨字。

班主任找到我，对我语重心长地说："平平同学，天下没有不爱自己孩子的母亲，不管她做什么，你都应该理解你母亲的苦衷，将来你会明白这一切……"

可我哪能对母亲的态度说改变就改变的？高二上学期的时候，家里的债务还完了，爸爸在村里开了一家小卖店，生活总算走上了正轨，我们家终于走出了严寒。

入冬后第一场雪的那天，我和父亲拿着三个学期的学费，感激万分地还给班主任。没想到班主任哈哈一笑说："还钱？这钱本来就不是我的，是你们家的。"

"不是你的，我们家的？"我和爸爸你看着我我看着你，如坠云里雾里。

"我就实说了吧。这钱是你母亲的。还有毛衣、鞋袜什么的都是你母亲买的。"

"什么？我母亲买的？"

对！是她让我交给你的。

"爸，那个嫌贫爱富的人的钱我们一分也不要！"我斩钉截铁地说。

"平平，你不知道，我和你妈是老同学。你妈知道你爸爸的个性和脾气，当时她实在没别的办法才想出这出苦肉计，以此来激将你爸爸，刺激他振作起来。"

"什么？"我和爸爸惊讶得张大了嘴巴。

"这是千真万确！平平，你难道不想你妈妈？不想知道你妈妈现在在哪里？她想你都想疯了。"

"在哪儿？快说快说！"我急切地催促着。

"她其实没走远，就在县郊一家砖厂打工，这一年多来真是苦了她了。"班主任叹息着说，"她天天像男人一样，用自己的一双柔弱的手推车子、搬砖头，一分钱一分钱地赚，自己没买过一件新衣服……可她却舍得花钱，几乎每隔两三天就打一次电话询问你和你爸爸的情况，每次打完电话眼圈都红红的……现在说不上她还在雪地里干活呢……"

霎时，我被一股巨大的暖流包围了。母亲啊，您这没有缝隙的爱，怎不让我肝肠寸断！我再也听不下去了，一把拉着爸爸的手，噙着泪水，哭喊着妈妈——疯了一般地朝妈妈打工的砖厂方向跑去……

◀ 坐一回儿子的车

儿子从省城回来了，开着自己的小轿车。那车很豪华，那鲜红的外壳越发显出小车的高贵气派。

儿子回来了，母亲很高兴。看到儿子的车，母亲知道，儿子出息了。喜悦从母亲的心底泛出来，笼罩在那张饱经岁月的老脸上。

父亲死的早，母亲又当爹又当妈，辛辛苦苦把他拉扯大，在了大学，在省城一家外资企业找到工作。儿子干工作很勤奋，经过二十多年的打拼，如今已是那家外资企业的部门经理。

儿子除了偶尔打个电话问个平安，母亲平时很少听到儿子的声音，母亲觉得和儿子越来越陌生。邻居张老太、厉老汉的儿女们经常隔三岔五地回来看看，拉着老人这转转那看看。母亲看在眼里，痛在心里。对门张老太就曾说过几回闲话，说母亲的儿子太不象话，也不知道带母亲出去转转。即便如此，母亲却不怨儿子，一点也不怨，到什么时候都不怨。因为母亲知道，儿子很忙。

在外又没个帮手，儿子混出个人样不容易。

现在，儿子开着小车回来了。七十多岁的母亲兴奋得跟孩子似的，伸出那只老手，小心翼翼地去摸车头。手指刚触到，那车突然红灯闪烁，骤然响起一阵刺耳的鸣叫声。母亲的手一哆嗦，赶紧拿开。母亲紧张地看着儿子，儿子笑了，说那是报鸣声，防盗的。

母亲想坐一回儿子的车的想法，就是在那个时候萌生的。说萌生并不准确，因为母亲的这一想法由来已久。母亲清楚地记得，儿子很小的时候曾经说过，长大了赚钱了，一定要让母亲坐一回小汽车。母亲还记得，同样的话儿子在去上大学的前一天晚上，参加工作之后第一次回家的时候都说过，可这二十多年来再也没听儿子提起过。

母亲偌大年纪了，两脚还从没迈出过那个小县城一步，更没坐过一次小轿车。

母亲心里很矛盾，明明儿子的车就摆在家门口，直截了当说不就得了，可母亲开不了这口。母亲想让儿子自己提出来，要是这样自己肯定会同意。母亲甚至想象着自己已经坐车里，那种感觉相比坐在厚厚的棉被上还要舒坦。

饭桌上，儿子津津有味地吃着母亲做的可口的饭菜，母亲坐在一旁看着儿子吃饭。儿子告诉母亲，这次是出差顺便回来，只待一个晚上，第二天一早就走。

母亲很想跟儿子聊聊，儿子却说自己很疲劳，吃了晚饭就睡了，母亲屋里的灯光亮了整整一夜。

儿子要走了。母亲再一次摸着那车，那车突然红灯闪烁，接着发出一阵刺耳的声响。母亲这次没有惊慌，又来回摸了一遍，那神情像抚摸一个熟睡的婴儿。

儿子走了，眨眼的功夫车子就无影无踪，好像从来没有来过，母亲的眼睛模糊了。

一天比一天强烈，于是母亲便经常做梦，梦见自己正坐在儿子的那辆红色的小车里走在去省城的路上，和儿子有说有笑。虽然醒来不免一阵惆怅和失落，但母亲坚信，以后一定有机会坐一回儿子的车。母亲想，下次儿子再回来，儿子不说，自己也一定要说。

十一到了，儿子打电话告诉母亲，有几个省城的朋友要来逛山。大城市的人就是奇怪，几座山有什么看头？母亲很高兴，又可以见到儿子了，见到儿子就有机会坐一坐儿子的那辆漂亮的小轿车了。

儿子还是开着那辆红色的小轿车回来的，可母亲并没有能坐一坐儿子的车，因为儿子车里都被那些城里来的人坐满了。还有，儿子压根就没提这事，母亲鼓了几鼓，到嘴的话最终又咽下去了。

儿子走了，母亲的心里很抑郁，话少了。母亲不愿意让邻居们知道自己的心事，可最终还是让喜欢刨根问底的张老太知道了。张太太劝母亲直接跟儿子说得了，可母亲一口拒绝了。

转眼过年了，儿子又开着那车回来了，母亲还是没能坐一坐那车。儿子在家的三天时间，整天开着车不是今天走访这个领导，就是明天看望那个经理的。儿子压根就没提，母亲鼓了几鼓，又把话咽下去了，看来儿子早把当年说过的那些话抛到脑后了。

儿子走了，母亲更加抑郁，身体渐渐消瘦下去，走路都有些不稳了，但儿子不知道这些。母亲不让人告诉他，一个字都不让。

麦熟一晌，人老一时，母亲说不行就不行了。儿子开车赶回家的时候，母亲已经奄奄一息。儿子回来两天了，母亲却迟迟不肯咽下最后一口气。

是张老太告诉儿子他母亲的心事。

儿子顿足捶胸，抱起母亲疯了一般地朝车子奔去。没等车门打开，母亲已经咽气了。

第二天，母亲终于坐上了儿子的那辆红色小轿车。不过那车没有开往儿子住的省城，也没有到有风景的地方，而是缓缓地驶向了小城西北角，那里是一个建成不久的高档火葬场。

儿子泪流成河。

◀ 想变成一只羊

那年夏天，我到某国家级贫困县出差。车到城东，紧贴省道的一座非常高大漂亮的楼房迎面而来。

那楼有 30 多层，银白色的装饰非常现代，楼顶"某某县工人大厦"几个巨大的铜字在中午阳光的照耀下闪着耀眼的光，整座楼在四周低矮的楼群里显得那么雄伟壮丽、那么与众不同。

"好现代！好气派！这个县不简单！"我不禁发出由衷的赞叹。

话音未落，车里有人不屑一顾地"哼"了一声，说："什么好气派！纯粹是扯淡，劳民伤财！"

我吃了一惊，扭头一看，原来是一个民工模样的中年男子，正鄙夷地看着大楼。我很纳闷，这楼跟他有什么关系？他为何……莫非他话中有话？

见我一脸狐疑，中年男子歉意地说："噢，对不起，你是外乡人吧？你不知道这楼……"

从他的叙述中，我大致了解了这栋楼的前前后后。

这楼是两年前县里搞的形象工程，原本要在公路两旁搞开发区，可后来县里后期无力投资，只盖了这栋楼就停了。这楼投资了上千万，历时一年半建成，当时全县所有吃公家饭的都拿出了半个月工资。大楼盖起来，省质检部门验收时却发现，工程存在严重质量问题和安全隐患，根本不能使用，要求限期三个月内拆除。可直到现在连一块砖也没有拆掉，一直就这么闲着。

末了，这位中年男子重重地叹了口气说："听说负责这个工程的副县长因为政绩突出，富有开拓进取精神，一年前调到外地当副市长去了……"

我不知道这位中年男子的话真实成分有多少，我只看到大楼四周长满了高高的蒿草，有两只大黄狗一前一后逡巡着，低着头四下里找寻着什么。

第二年秋天，我再次到这个小城出差，看到那栋高楼还巍巍耸立在那里。不过，楼体的颜色已经开始变灰，楼前一个人也没有，楼四周的荒草更高更密了，草丛中有几只大黄狗正围着一只小狗崽在热烈地追逐嬉戏。

翌年春天，我又一次到这个小城，远远地看见那楼还在。楼体的颜色已经开始变得灰暗，楼四周的荒草更密不透风，草丛中有几只大黄狗正围着一群小狗在尽情地追逐嬉戏。

第四年、第五年……那楼就这么孤独地立在那里。也许是饱受了太多风雨的侵蚀，它早没有了我第一次看到它的那种风采和现代气派。多数门窗不翼而飞，只露着一个个的黑洞，像瞎子的眼睛，空洞茫然地"望"着四周的一切……

第八年、第九年……一年一年过去了，在我的意识里，那楼早已拆除了，不复存在了，一座坚固繁荣的新建筑傲然地立在那里，向世人显示着这座小城的繁荣和未来……

多年后的一个冬日，我再次来到这个小城，惊异地发现小城似乎没什么大变化，人也还是那么多，路还是那么宽，楼也没有增加多少，唯一变化的似乎只是树长高了，护城河变窄了。

当车子路过城东那条省道，我的目光再一次不由自主地望过去，惊奇地发现，那座我曾目睹过十几次的大楼依旧赫然地立在那里，四周早已荒芜得不成样子。

细看，楼体镶嵌的瓷瓦已经全部脱落了，楼上一扇门、一个窗子也没有了。楼的七八个进出口除了一两个用破砖头塞了半截，其余的全部洞开着，楼前楼后到处是一堆一堆的黑乎乎的粪便。

一位七十多岁的老人手里握着一根长长的鞭子，正靠在楼前的一棵大树下懒懒地晒着太阳，楼里不时传来一阵阵此起彼伏"咩咩"的羊叫声，那声音响亮、动听，气势磅礴……

这时，突然听见车厢里有人说："好一座现代化的羊楼！要是能变成一只羊该有多好……"

◀ 雪地里的小脚印

　　那年秋天，刚刚走出师范校门的我被分配到一处偏远的山村小学任教。虽然事前多少有些心理准备，但眼前的现实远远超乎我的预料。

　　学校坐落在村东一座光秃秃的小山岭上，三两座很旧很破的房屋，那两间被叫做教室的房子，门窗上玻璃残缺不全，缺玻璃的几扇窗大张着口，好像随时准备吞噬掉什么。学校没有操场，没有图书室。一到晚上，山野的冷风呼呼吼着，从透着天窗的屋顶直灌下来。早晨醒来，被子上、脸上都覆盖了一层厚厚的尘土，早晨满嘴牙碜。用水要翻过两个大山坡，到离学校半里远的那眼山泉里抬。学校没有伙房，更没有炊事员，这对一向习惯于饭来张口的我，吃饭便成了头号难题。

　　全校只有我一个教师。听说，在我之前，这里也曾分来过几个师范生，但都因为生活、工作条件太差，教了不长时间就托人找关系调走了。

想想全班 46 名同学，他们一个个不是留在了城里，就是去了大乡镇中心小学，只有我孤零零一人来到这荒山野岭的村小，心情一下子阴沉下去，糟糕到了极点。在这里的每一天，我都有一种度日如年的感觉。那段日子，我心里天天像压了一块大石头，满脑子只有一个想法——早一天离开这里。

在彷徨、郁闷中，我勉勉强强地熬过了两个月。时令不等人，冬天到了，我也病倒了，浑身松软无力，一阵接一阵头疼。但我不能让学生看出来，白天我强忍着坚持上课。放了学回到宿舍躺下一动都懒得动，整整两天没吃任何东西了。宿舍里一点菜、一碗面都没有，满屋子除了学生的作业本，别无他物。我平生第一次感受到了什么叫孤单和无助，我的泪哗哗流着。"这地方我是一天也不想呆了"，那一刻，想调走的愿望是那么强烈，似乎有天大的困难也无法阻挡。

半夜时分，我强撑着身子爬起来，满含怨恨和悲观写了一份请调报告，准备第二天一早送给教育局。在报告书中，我详细陈述了自己的艰苦处境以及想调走的迫切愿望，我甚至将泪水洒在了报告书上。写完请调报告，高烧让我迷迷糊糊睡着了。

早晨一觉醒来，头疼稍微轻了些。天已经大亮，阳光透过窗子射进来，照在宿舍的西墙上，形成一个大大的明亮的圈。我一看表，已经到了早读的时间，于是赶紧下床。一眼看见桌子上的请调报告，脚步不由地停住了，我不是一心想要调走吗？干嘛急着上班？

一个人坐在床上，呆了半天。隔着窗子一看，啊，好大一场雪。

房屋上、院子里、田野里到处白茫茫的一片。"才见岭头云似盖，已惊岩下雪如尘"。大自然的神奇和美妙真的令人佩服，我赞叹着，心情稍稍好了些。

拿着舀子，懒洋洋地舀水洗脸，往缸里一探，哎，一滴水也没有了，刚好一点的心情骤然阴暗下去。

我百无聊赖地推开宿舍的门，一看大吃一惊：门口居然放着一只红色的水桶，那满满的一桶水在阳光的照射下闪闪发光。在水桶一旁，有一个包着几张雪白的白面煎饼和一块方方正正的大豆腐的塑料包。厚厚的雪地上，几行小小的深浅不一的脚印蜿蜒着伸向前方——那是教室的方向。

奇怪，谁送的？我拿起煎饼，发现包上压着一张字条，上面写道："厉老师，这几天您病了，可您仍然坚持给我们上课，同学们都看在眼里。这几张煎饼是胖墩从自个家里拿来的，这方豆腐是宁宁拿来的，她妈妈做豆腐。这水是我们刚从泉子里抬来的，很干净，您用吧。还有这是头疼药片……"

看着看着，我的眼睛润湿了，刹那间，我仿佛看到了当年的自己。转过身，拿起桌上那张请调报告，刷刷刷，几把撕成了碎片，一扬手，小小的宿舍里顿时下起了一场"鹅毛大雪"。

我再次捧起教本，弹了弹上面的尘土，整了整衣袖，昂首跨出宿舍门，踩着雪地上那几行深浅不一的小脚印走去。前面，传来了孩子们阵阵琅琅的读书声……

◀ 虚拟证人

溃水事故发生的时候，大刘和小刘正在矿井下埋头作业。大刘先发现了洪水，水位已经没到了脚踝。大刘二话没说，一把拉起小刘就往高处跑。洪水像一条发疯的黑龙，滚动着吼叫着，吞噬着井下的一切。几台高大的钻井机、七八辆运煤车连同他们的干粮和水被席卷一空，洪水在矿井里发出沉闷可怕的声响。水位不断上升，大刘和小刘只好从这个高地转到那个高地，跟洪水打起了游击战。

没有食物，没有饮用水，两人连惊带吓，经过一天一夜的折腾，都已经筋疲力尽。口干舌燥，饥肠辘辘，身体非常虚弱。

还好，现在他们已经退到了井下最高的地方，可脚下的水位还在缓缓上升。

小刘看着眼前的黑水，心里充满了恐怖，他明显感觉到了死亡的气息，心里只盼着救援人员快点到来，把他们拉出苦海。

大刘同样看着眼前的黑水，显得心事重重。他心里盘算着，如果再这样涨下去，三四天至多五六天，洪水就会淹没这最后一块高低，那时后果不堪设想……

大刘看着黑水，扭头看着小刘，眉头越发凝成了大疙瘩。小刘是和自己一墙之隔的邻居，上个月刚刚结婚，是自己带他出来到这个个体煤矿打工的。没想到刚下井却遇到了这样的事，大刘有些后悔也有些沮丧。他觉得两人真要困在井里出不去，可怎么对得起小刘的新婚妻子牛丽？大刘的心里像碰倒了五味瓶。

两人默默不语，黑乎乎的矿井里除了不时有煤块落水的声响外，周围一片寂静。

时间一分一秒地过去了，矿井里只有死一般的寂静和无边的黑暗。黑暗像黑色的大鸟一步步逼近，直压得两人透不过气来。

两人一天比一天虚弱。

溃水事故发生已经四天了，洪水终于一点点消退了。饥饿、缺氧、缺水，使得大刘和小刘极度虚弱，已经气息奄奄。小刘昏昏欲睡，大刘直觉得眼皮上像挂了秤砣，随时都要睡死过去。大刘知道，这个时候要是睡了可能就再也醒不过来了。

大刘再次想起自己带小刘出来的时候，小刘的妻子说过的那番话："大哥，小刘就交给您了，您可要给我看好管好……不然我可不叫你大哥……"

大刘想起这些，心里一阵酸楚，不行，一定要想办法把小刘带出去。

"小刘，你这个东西，有件事我还没找你算，你给我睁开眼听好了！"大刘突然怒气冲冲地说。

"大哥，什么事？发这么大火？"小刘昏昏欲睡，闭着眼恹恹地说。

"你给我睁开眼！你不是东西，我听你嫂子说，上次我到河南买牛，你趁我不在家，欺负你嫂子，你说有没有这事？！"大刘说着握紧了拳头。

"你……你……嫂子这不是诬陷好人吗？我何时欺负她了？我的为人你难道不知道？再说谁能证明？"小刘瞪大眼睛，怒气冲冲，想跳起来，可身上实在没有力气。

"你还狡辩，好汉做事好汉当！要证人不是？前院赵嫂子可以作证，是她告诉我的！"

"这简直是血口喷人，等出去了我非找她算账不可，咱们当场对证！"

"对证就对证！出去了我再找你算账不迟！你等着！哼！"

"不做亏心事不怕鬼叫门！哼！"

两人都气呼呼的，完全忘记了面临的危险，背对着背，谁也不搭理谁。

小刘心潮起伏，这个赵嫂子真是冤枉人，无中生有。可恨的是大刘这么轻信别人的坏话，不行，我不能死，不能背这个黑锅，我一定要活着出去，和赵嫂子、大刘嫂子、大刘对质。

大刘那边发出均匀的呼吸，他睡着了。

小刘听着大刘的呼吸声恨恨地说："睡死你！死猪大刘！"

事故发生的第七天，在救援人员找到大刘和小刘的时候，小刘终于扛不住饥饿和干渴睡着了。

当小刘醒来的时候，发现自己躺在医院的病床上，周围站着心爱的妻子牛丽和赵大嫂、大刘嫂。

小刘一眼看到赵大嫂，气不打一出来，怒气冲冲："赵大嫂，你……"

"小刘，别说了。"牛丽止住了小刘的话，擦着眼泪，递过来一张纸条，只见那上面歪歪斜斜地写着一行字："小刘，我说你欺负你嫂子的事，纯是我瞎编的，证人赵大嫂也是我瞎说的……我在井下干了那多年，我知道发生这种情况，要是一睡过去就再也醒不过来了……我年纪大了，怕是扛不住了……你一定要活着出去，你要是出去了，代我向赵大嫂还有你嫂子道歉……"

"是这么回事？那大刘哥呢？"小刘急切地问。

"他……他睡过去了……"

"大刘哥——"

病房里骤然响起一个青年男人嘶哑的哭喊声……

◀ 纸条里有你的名字

　　林林前脚刚踏进学校门口，上课铃响了。林林慌里慌张地跑进教室，新班主任王老师已经站在讲台上开始上课了。林林蚊子哼似的打了声"报告"，王老师微笑着，拿着教本的手往里一比划，说："请进！"

　　林林低着头快步走到自己的座位上坐下。同桌赵晓燕翘着薄嘴唇，斜看了他一眼。林林知道，是自己的迟到打断了正常的上课。自己也不想迟到，可总是管不住自己。这不，刚才半路上只顾追赶一只漂亮的小鸟去了，这才又迟到了。

　　林林四下看了一眼同学，其他同学都在全神贯注听老师讲课，没有谁理他。林林自觉没趣，只好无精打采地看着黑板。

　　今天是班会课，王老师在黑板上用白粉笔很夸张地写着"夸夸你的同学"几个大字。这还不算，王老师还在这几个字的一旁画了一幅简笔笑脸画。

　　王老师在那几个字下面画了一条粗线，说："大家一定要写清楚夸奖的原因，找出夸奖对象身上的闪光点……好了，现在发纸条，把夸奖的同学姓名和理由写在纸条上。"

领到纸条，同学们立即埋下头唰唰唰写起来，只有林林捏着纸条迟迟不下笔，那双乌黑的眼睛始终盯着黑板上的那几个字。夸夸你的同学？我夸谁？谁也不夸，我才懒得夸呢！反正我是个万人嫌，也不指望有人夸我。

滴答滴答，10分钟后，王老师开始挨个收纸条。林林什么也没写，把纸条折叠好，放到王老师手里。哼，反正你也不知道谁没写。

纸条收好了，王老师开始一张一张宣读：

"我最喜欢的同学是王丽，她聪明热情，多才多艺……"

"赵小雅是我最喜欢的同学，她不仅学习刻苦，还经常主动帮我补课……"

"最值得夸奖的人是我的同桌牛牛，他上课特别遵守纪律，从不迟到早退，是我学习的好榜样……"

……

全班同学都聚精会神地听着，期待着念到自己的名字。王老师每念到一个名字，总会故意停下来，温和的目光在那个同学的脸上停留片刻，然后轻轻点点头。那些被念到名字受到夸奖的学生脸上都现出抑制不住的喜悦和骄傲，他们比赛似的，腰杆挺得直直的，眼睛睁得大大的，像部队战士接受首长的检阅。只有林林若无其事的样子，不停地转着手里那支断了半截的圆珠笔。

被念到名字的同学越来越多，王老师手里的字条越来越少，只剩下最后几个还没念到名字的学生，他们一个个抻长了脖子，生怕字条里没有自己的名字。

22、23……54……有人轻声数着字条的张数。现在王老师手里还有最后一张，许多同学的目光已经从老师手里收回。因为全班55名同学，只有表现最差的林林还没念到。他表现那么差，整天逃课、打架骂人，谁会夸他？不用听了。前排有几个同学几次扭头做着鬼脸看向林林。

林林心里明白，他们一定是想看自己的笑话。55人，55张字条已经念了54张，这最后一张肯定就是自己那张不着一字的"白条"！

台下已经开始有同学喊喊喳喳。王老师的目光巡视教室一周之后，目光在林林身上停住，举着那张字条，朗声念到：

"我最喜欢的同学是林林，因为某月某日，林林把在路上捡到的一只受伤的小鸟带回家养好伤后放走了；林林在公交车上主动给一位老大爷让座……等等，这些都值得我学习。我在心里把他当成最好的朋友……"

全班同学都愣了，大家你看着我，我看着你，眼睛瞪得大大的，嘴巴成了 O 形。林林这么多优点，我怎么没看见？

林林自己更是又惊又喜：谁写的我？还有人夸我？我怎么不知道还有这么一位好朋友？不会是老师瞎说的？不对呀，那张字条上的背影明明有字迹，而我的那张是空白的呀。再说，王老师刚接这个班不到两个星期，我做的那些事他怎么会知道？肯定不是老师瞎诌。那写这张字条的人会是谁呢？张晓萌吗？不可能！胡善化吗？似乎也不可能！李军吗？……到底是谁？我一定要找到他，我要好好表现，不然对不起这位好朋友……林林的脸红红的，激动万分。

从此以后，林林心里多了一位不知姓名的"好朋友"，仿佛这位好朋友时刻在看着自己，鞭策鼓励着自己。林林变了，变成了一个老师、同学都喜欢的好学生。

只不过林林到现在也还不知道那个夸奖他的同学到底是谁，但这已经不重要了。

◀ 帮工

昨夜一场暴雨，车旺村李老汉家的东墙呼隆倒塌了大半截，李老汉心痛得大半宿没睡着。

前些日子，村里不大安生，常有人家丢失猪狗鹅鸭什么的，家家提心吊胆。一大早，李老汉就一骨碌爬起来，匆匆忙忙去了泥瓦匠张三、李四、王五家，请他们帮忙垒墙。

李老汉为人实诚，平时谁家有难处总是主动帮忙，在村里有很好的口碑。这不，刚一开口，张三他们三个村里最好的泥瓦匠二话没说，一吆喝，只一袋烟工夫，三人都带着瓦刀，齐刷刷上了李老汉的门。

垒墙的来了，李老汉很感动，心里想：这张三他们真给自己面子，宁肯自己一天不挣钱来帮工，看来我老汉为人还不差。心里这么想着，立即屁颠屁颠地跑到小卖部买了最好的烟，又让老伴准备了好酒好菜，准备招待他们。

张三他们又垒又砌，水没喝一口，烟没抽一支，三人经过一上午的忙活，一道结实漂亮的石墙站立在李老汉的院子里。李老汉倒背着手，嘴里叼着烟卷，围着墙左转一遍右转一遍，一口气转了十几遍，那个认真劲不亚于当年到东庄验媳子，越看心里越高兴，那个恣儿甭提了。

中午，李老汉留张三他们吃饭。别看李老汉平时不舍得吃不舍得穿，可待客却丝毫不含糊。酒是当地最好的二锅头，菜也是专门跑集市买的时鲜菜。这还不算，李老汉特意请了村里有头有脸的村会计作陪。酒桌上，李老汉又夹菜又劝酒，忙得不亦乐乎。直把张三他们一个个吃喝得肚儿圆。见大伙酒足饭饱，李老汉让老伴撤掉酒席，重新涮好茶杯茶壶，闷上一壶女婿上次出差带回来的云雾茶。李老汉亲手一一给张三他们斟上。

这一喝不打紧，直喝到下午两三点钟。李老汉昨天就采好了栽子，打算下午和老伴去秧地瓜，可眼看瞅着张三他们迟迟没有走的意思，仍不紧不慢地坐着品着茶。这可急坏了李老汉，又说不出口。眼看着最后一壶茶水已经喝得澄清，再看张三他们，仍然没有走的意思。李老汉急得抓耳挠腮，心里慌慌的。

倒是老伴看出了点道道，悄悄将李老汉拉到一边，说："他们是不是等着要工钱？"李老汉一听，一拽说："不可能，帮工哪有要工钱的？我以前帮张三、李四、王五干了那么多活，又是犁地，又是收麦子，几时拿回一分钱工钱？他们来帮工一是给我面子，二是还我人情，我给他们工钱，他们还不骂我？"

老伴说："我讲不过你，可我猜摸着八成是要工钱。"

李老汉虽然嘴硬，可听了老伴的话不禁犯了心思：莫非他们真的要工钱？不可能啊……

李老汉想起那年张三家收麦子，张三在外打工请不下假，眼瞅着麦子快掉头了，天气预报说大雨就要下来，张三在外急得了不得。是老汉我顾不上割自家的麦子，先割了张三家的，结果自家的三亩麦子有一亩来不及收割，留在地里发了芽。难道这些张三都忘了？

还有李四，那年他跟人家打架，被人打伤了住了院，老婆到处借钱借不到。借到我李老汉的门上，俺二话没说，把刚刚卖了的一头猪的钱一分不留地借给了他。这些李四也忘了？

还有那个王五，他儿子三十多了一直娶不上媳妇，是俺老汉把大舅子的女儿介绍给了他，俺记得王五当时感恩戴德得差点给俺磕头了。这些难道他全忘了吗？就是别人忘了，可你王五不能忘啊？！

不可能！不可能忘！！

可为什么都不走？难道想晚上再吃一顿饭不成？可现在条件好了，谁还稀罕一顿饭，再说他们这三家家家日子都过得不错。

那又是怎么回事？李老汉百思不得其解。

心思归心思，李老汉还是赶紧起身去柜子里拿出 60 元钱，强装笑容地对张三说："你看我，老糊涂了，忘了给你们付工钱。来来来，半个工，每人 20 元，3 个人 60 元。拿着拿着。"

张三站起来连声说道："这怎么好意思，这怎么好意思……"李四、王五也紧跟着附和道："这怎么好意思，这怎么好意思！"可一个个早把手伸过去了。

李老汉沉着脸付了钱，送走张三他们，李老汉心里像翻倒了的五味瓶。难道这世道变了？大人小孩都钻到钱眼里去了？这人情还要不要？

　　晚上，李老汉抽了一夜的烟。

　　一连几天，李老汉脸上阴沉沉的，好像随时要下大雨。

　　过了些日子，张三、李四、王五先后找李老汉帮忙犁地收割庄稼，三家都要付工钱。李老汉原本想推辞，突然想起上次自己垒墙的事，打趣说："行行行，现在兴这个，俺老汉也跟一回时尚。"

　　接过李四他们的钱，李老汉的脸皮僵硬得像一堵墙，心里突然涌起一种想哭的感觉。

　　回到家，老伴做了可口的饭菜，还烫了一壶老酒。李老汉一点食欲也没有，鞋也没脱，早早上了床，闷闷的，一袋接一袋地抽烟。

　　第二天，李老汉的眼睛红红的。有人见了打趣说："怎么，吵架了？"李老汉苦笑着说："没啥，让风给吹的。"

◀ 秤王

秤王，本姓王，又是个做秤的手艺人，石头镇的人按习惯称之为"秤王"。

秤王自幼家贫，10岁那年父母托人把他送到镇上跟做秤的刘师傅当学徒，一学就是十年。出徒前一年父母双亡，出徒不久，刘师傅病重，临终前把独生女儿嫁给了秤王。秤王接管秤行，当了掌柜，改秤行为王记秤行。

秤王将秤行装修一新重新开张，门头设一数丈长条幅：不准，一赔十。有人不服，愿出 10 块大洋与秤王打赌，秤王微笑应允。试之，果然丝毫不差。输者惶恐，手捧银元哆哆嗦嗦。秤王笑着推开，并赠送一秤。

小镇做秤的有两家：王记、赵记秤行，两家分居小镇南北。王记在南，赵记居北。

秤王为人和气、手艺精湛，生意做得风声云起、十分兴隆。小镇千户人家七成使用王记秤行的秤，赵记秤行不免显得冷冷清清。

同行是冤家，但秤王却主张和为贵，经常把送上门的生意借故推给赵记秤行。有人不解，秤王道："人家碗里有饭，自己碗里才不会空着。"

一日，有陌生人来买秤，秤王热情接待。岂料，那人却说秤不准。秤王也不多言，手指墙上的承诺，说不准，一赔十。那人试秤，果然不准，相差三两。秤王脸上不惊，心中甚是诧异。反复称量，果然不准。按照承诺，秤王赔了3块大洋。那人得理不饶人，吵吵嚷嚷，闹得小镇没人不知秤王的秤不准了，不少要做秤的都跑到赵记那边去了。

晚上，秤王拿着秤反复端详，觉得事情十分蹊跷，反复试秤，猛然发现端倪，原来不知不觉中秤被人做了手脚。秤王把事情前前后后想了个遍，望着门庭若市的赵记秤行，顿时豁然开朗。看着冷清了许多的店门，秤王却并不气恼，闲着没事拿个小板凳靠店门坐下，专心致志制秤、测秤。

这天一大早，秤王刚打开店门，有下乡收购东西的小贩找上门来，以高出一倍的价格请给特制小秤（一斤东西秤出来却是八九两）。秤王不允，小贩将价钱升到三倍，秤王依然不允。再恳求，秤王脸色一沉，厉声说道："出去！"小贩灰溜溜走了，临走恨恨地撂下一句话："到嘴的肉不吃真是个傻子！"秤王笑笑，也不争辩。

隔日，有卖东西的小贩找上门要求做大秤（一斤二两秤出来却是一斤，或不足一斤），许以五倍价钱，秤王断然拒绝，抓起秤砣将那人赶出店门。

赵记秤行生意越发兴隆。

秤王处置若素，依旧拿个小板凳，坐在门口，制秤、测秤。神情淡然，专心致志。

秋凉时候，赵记秤行出事了，因做假秤被查封，赵掌柜锒铛入狱。秤王几次带着礼品前去探望，赵掌柜面露愧色，张嘴欲说，秤王用手势制止。赵掌柜更加羞愧。

王记秤行重获生机，生意日盛一日。

秤王不计前嫌，常让妻子带些吃食送给苦熬日月的赵记秤行的老板娘。

后来，各地度量衡推行天平秤，手工制秤没了市场，不少秤行纷纷关门歇业。秤王生意一日日清淡下去，实在难以为继，但秤王仍坚持天天开门迎客。

那时秤王年事已高，腰弯背驼、胡须花白。为贴补家用，做了一辈子手艺的秤王终于拿起了锄头，走向田野……

农闲时候，秤王常拿个小板凳，坐在店门口，手不离秤，做秤、测秤、玩秤。

这年，秤王费时三个月，做了一杆承重1.5吨的大杆子秤，被评为世界之最，载入吉尼斯世界纪录。又三个月，秤王做了一杆能秤1克的秤，也被评为世界之最，载入吉尼斯世界记录。

有人出高价购买，被秤王拒绝。

秤王拿出平生积蓄，在石头镇上建起了一座博物馆，专门收藏他亲手制作和收集的各类手工秤。秤王自任馆长，全天候开放，免费供游人参观。

一老外见了馆藏品，爱不释手，欲出巨资收购，被秤王婉言谢绝。

是年春，秤王无疾而终，享年 101 岁。数千人自发前来送葬，队伍排了足足十余里，白幡遮天蔽日，为石头镇有史以来第一丧。

临终前，秤王将博物馆捐出，只提出一个心愿，莫使制秤传统工艺失传。

县志辟"奇人异事"专条，记载秤王事迹生平，称其为"秤王"。

◀ 谁家的热水瓶

三九的一天天阴沉着，小北风嗖嗖刮着。某局家属院的锅炉房前，打开水的人们排成一条长龙。2 分钟过去了，5 分钟过去了，10 分钟过去了……长龙丝毫没有向前移动。

怎么回事，大冷的天，还不快打水？都站着干啥！最后来的小王等得不耐烦，提着热水瓶气呼呼地跑到前头看个究竟。只见水龙头下赫然立着一把旧热水瓶，瓶上有几处红漆早已脱落，看起来斑斑驳驳的，提把歪歪着，和别人手里提的热水瓶相比显得那么不入流。

"这是谁家的热水瓶？占着茅坑不拉屎，拿走拿走！"小王说着伸手去抓那把热水瓶。

站队等候的人们一个个静静地站着，谁也没有答话，眼睛直直地看着小王的一举一动。只有站在最前面的老王捂着嘴巴，脸上掩饰不住地窃笑。

突然，小王的手像触了电似的在半空中停住了——他在那把热水瓶的外皮靠近提把的地方分明看到"张大海"三个黄漆字，那字清清楚楚。

"这……这原来是局长家的热水瓶，不好意思不好意思，对不起对不起……"小王吐了吐舌头，转身回到长龙的后头，站直身子，和早来的人们一样，静静地等候着。

天阴得越来越重，越来越冷，好像要下雪的样子。时间一分一秒过去，可张局长家还没有人来打水。长龙依然丝毫没有向前移动的迹象，大家仍然一个个空前耐心地等待着，仿佛一只无形的手在指挥着，显示出高度的自觉性和组织纪律性。

"对不起，对不起！刚才我有点事出去了，让大家等急了。"负责打扫楼道卫生的赵师傅气喘吁吁地跑过来，边说边急急忙忙抓起水龙头下的那把热水瓶，哗哗哗打水。

哎呦！赵师傅显然是被溅出的开水烫着手了，可仍然没有停止打水。

天空中开始零零散散飘起了雪花。

看着老赵红着脸忙活的样子，站在中间的小马嚷嚷起来：

"这热水瓶原来不是局长家的？白让我们等了这么长时间，你老赵太不像话了，今天该你请客！"

"就是就是，让大家等这么久，不像话，让他请客！让他请客！！"有人立即附和说。队伍骚动起来，不少人开始往前挤。

"嘘，小声点，老赵是给局长家打水！"

刚才还吵吵嚷嚷的小马立即闭紧了嘴巴，那个紧即便用扳手也不会轻易撬开。长龙像被使了定身法登时安静下来。

"什么局长家的？那热水瓶是局长家扔了的，老赵从垃圾箱里捡回的！"刚来的老牛撇撇嘴压低声音说。

赵师傅显然听到了老牛的话，脸红得像熟透了的红富士苹果。

"原来不是局长家的热水瓶？那咱们还等什么？上前打水啊。"小刘嚷嚷着，挤到队列的前面。队伍又开始骚动起来，不少后边的用力向前挤。

"哎呦，踩着我脚后跟了！我的热水瓶都快挤扁了，你赔我！"锅炉房前像开了锅的粥。

雪越下越大，片刻转成鹅毛大雪，天地间灰蒙蒙的一片。

"对不起，对不起！耽误大家打水了。"老赵边赔礼道歉，边用力挤出人群急匆匆往外走，脚下一滑，差点摔倒。人群里爆发出一阵哄堂大笑。

"这个老赵，太不懂事了，这第一个打水的位子是他一个清洁工占的？！"

"是啊是啊，老赵算什么东西？他也敢来站着个位子！"

"嘘，小声点吧，老赵提着热水瓶往局长家去了……"

"什……什么？他真的是给局长打水？瞧我这张嘴啊，该打该打！"说这话的老葛讪讪地说，打上水，赶紧逃也似的走了。

人群里登时安静下来，大家站直身子，一个个紧闭嘴巴，漠然地看着前面。长龙一点一点徐徐向前移动……

雪越下越紧，只一小会儿功夫，沸沸扬扬的大雪把整个天空遮蔽得严严实实。天地间仿佛有什么事情要发生，又好像没什么事情发生……

◀ 生物课本第57页

那年，我在城关中学上初一。我们班共有56名同学，我是班里最调皮捣蛋的学生，三天两头地就惹个小麻烦。老师们对我都很头疼，可拿我一点儿办法也没有。好在我学习很好，每次考试都名列班级前茅，老师也就有意无意地迁就着我。

期中考试后不久，我们班转来了一个叫赵大壮的男生。他个子不高，胖胖的，两道眉毛稀稀拉拉的，人也不怎么精明，憨乎乎的，说话还有些结巴。他的样子让我一下子想起了生物课本第57页上的那个插图：一个得了白化病的男孩，胖胖的，头歪着，有些弱智的样子。正巧，赵大壮又是班里第57名学生，我便在心里悄悄地给他起了个外号——"生物课本第57页。"

课堂上，我趁老师不注意，撕了若干张纸条，分别写上生物课本第57页，传递给了每个男生。大家心领神会，都捂着嘴巴笑了。我庆幸自己真是个起外号的天才。

下课后，男生们对赵大壮指指点点的，有的人甚至当着他的面喊生物课本第 57 页，喊完大家就哧哧地笑。他却茫然无知，也咧着嘴巴跟着大伙儿一块笑。

第二堂课，语文老师点名。点完后，老师问："还有没有没点到名的同学？"没等赵大壮答话，我就拖着腔调高声地喊道："还有一个。"说到这里，我故意停顿下来，朝那些男同学看了一眼。大家心领神会，立即一起喊起来："生物课本第 57 页。"语文老师愣了愣，说："什么生物课本第 57 页？捣蛋！"老师话音刚落，赵大壮忽地站起来，说："老……老师，还有我，赵……大壮。""你是新来的？叫什么？"老师弯下腰问道。"我叫……""生物课本第 57 页！"没等赵大壮说完，我们再一次一起喊起来。这时，语文老师总算弄明白了，脸一沉，严厉地批评我们说："不要给同学乱起外号，这是极其不尊重人的行为。"从那堂课开始，赵大壮才知道自己在班里还有另外一个名字——生物课本第 57 页。

第二天，赵大壮没来上学。我们的好奇心和淘气心理正旺，可赵大壮偏偏没来，大家心里都感觉少了点儿什么。我们猜想赵大壮一定是病了或者家里有什么事。然而，一连 3 天，赵大壮都没来上学。对此，我们都觉得很奇怪。

周五那天，班主任把我叫到办公室，我这才知道，赵大壮没来上学与我有关。原来，在语文老师明白了赵大壮绰号的那天，赵大壮回家翻开生物课本的第 57 页，明白了同学们都在奚落他。他哭闹着不肯上学了，家里人怎么劝都无效，班主任去做工作也没成功。班主任叹了口气说："你知道吗？赵大壮的母亲是个哑巴，父亲个子很矮，靠打工养活一家人。赵大壮是 3 岁那年发高烧烧坏了脑子，才变成了现在这个样子。"

我听了感到很羞愧，我这不是落井下石、幸灾乐祸吗？太不人道了。我眼巴巴地看着班主任，听候发落。"解铃还需系铃人，你是罪魁祸首，现在只有你们几个男生想办法了。请不回大壮，哼！"班主任撂下这句话，下达了最后通牒。

我们几个男生想破了脑袋也没想出什么好办法，最后只好赶鸭子上架，硬着头皮去了赵大壮家。我们又是赔礼又是道歉，最后拍着胸脯做保证，以后再也不叫赵大壮生物课本第57页了，骗人是小狗！我们又和赵大壮拉了钩，赵大壮这才破涕为笑。

赵大壮回来了，我们都松了一口气，可我们都不喜欢他，下了课不愿跟他玩，他问我们问题我们也懒得回答。他成了一只失群的鸟，孤独极了，常常一个人躲在角落里发呆。

一天，班主任找到我，和我谈心，还给了我一项任务，那就是让每一个男生都和赵大壮交朋友，并安排赵大壮和我同桌。"只要你能和他交朋友，改变现在的这种局面，期末评'三好学生'优先考虑你。"老师承诺道。这对我可是很有吸引力的事情，之前我爸爸说过，只要我能评上"三好学生"就给我买一辆山地自行车。我虽然一百个不乐意，可为了那辆梦寐以求的山地自行车，也只能无可奈何地答应了。

我开始试探着跟赵大壮交往，他遇到不会的问题时，我就主动教他。谁若不小心叫他那个外号，我会挥起拳头佯装教训的样子。显然，我的这些努力收到了明显的效果，班里不少男生都陆续与他交往起来。渐渐地，大家都已经忘记了他是一个弱智生。

现在，他已经完全融入到了我们这个班集体。

有一天，他突然对我说："你……再叫我一声……生物课本第57页好吗？"我吃了一惊，愣愣地看着他，用手摸了摸他的额头，没发烧呀！他结结巴巴地说："我没病，我……我就想……听一声生物课本第57页。"他近乎恳求地说。我问："为什么？"他回答道："因为……我是咱们班第57名同学，我喜欢咱们班。还有，我……我喜欢生物课，将来我要当一名生物老师，让我的学生学到很多很多的新知识。"

这还是那个赵大壮吗？我愣了，我分明看到一个和我们一样有着理想和美梦，对未来有着美好憧憬的学生。面对眼前这张真诚的脸，我还能说什么呢？我噙着泪水，重重地点了点头，一字一顿地说："生物课本第57页。"

◀ 第 21 名

那一年，我十四岁，上初二。我兄弟姐妹六个，我是老小，我的几个哥哥姐姐没一个上高中的，更没有考上大学的。父母把考大学的唯一希望寄托在我身上。尽管我努力学习，可天赋的不足，使得我的每次考试成绩都很不理想。这让我陷入极度痛苦和焦虑之中。

那时候考试兴排名次，很多班级每次考过试之后，总是将每个学生的班级名次、年级名次用一张大红纸堂而皇之地贴在黑板上，或者教室、学校大门口，红纸黑字一目了然，常常引来很多人的围观。人们围在那张大红纸前，指指点点。我初一时的班主任就是用的这个做法。我的成绩不好，每次贴出那张大红纸的时候，我总不敢去看，一整天惴惴不安，仿佛犯了重大错误，脸火辣辣的，抬不起头来。渐渐地，我对学习失去了信心，更看不到一丝希望。

初二上学期的时候，我们班新来了一位班主任，个子不高、平头，穿一身中山装，说话一板一眼的，脸上始终带着微笑。井老师虽然每次考试也排名次，但用他的话说，他是在心里在他的密码本上排，绝不将名次公开张榜公布。这让我们这些学习中下等的学生很是欢呼跳跃了一阵子。这引起了不少人的质疑，有的老师说他是个怪人。可不管别人怎么说，井老师总是坚持自己的做法，没有丝毫改变。

井老师有个习惯，每次考试总喜欢将班级前 20 名的学生叫到办公室开会。那时因为谁也不知道自己具体是多少名次，能被叫到去办公室，那是无上光荣和自豪的事。

初二第一次考试，我没有被叫到名字，看着那些去办公室开会的同学得意洋洋的表情，我心里羡慕极了，就盼着有一天我也能被老师叫到，成为这二十分之一。我很想问老师我考了多少名，可一来担心老师不会说，二来又没这个胆量和勇气。

没想到，井老师却主动找到我，在校园里那棵盛开着大串大串紫色小花的紫藤树下跟我谈心，说我考了第 21 名，要我保密，谁也不要告诉。我心里很吃惊，以前初一的时候，班主任排名我从来没进过前 30 名，这次我却考了 21 名，实在让我既吃惊又激动。我掰着指头算来算去，21 距离 20 还差一个名次！就差一个名次！这个第 21 名让我看到了无限的希望，更激发了我勤奋学习的巨大动力。

我发誓，一定要进入前 20 名。那次谈话之后，我变了，变得更加勤奋努力，在学校我认真学习，回到家就着煤油灯如饥似渴地学习，我父母看了脸上露出了笑容。每当我学习的时候，父母都会悄悄走出去，干活也不敢出大声，以保持家里的安静。

转眼迎来了初二上学期期末考试，我依然没有进入前20名，而有些平时学习在25名左右的同学这次进去了四五个。这让我很是羡慕和着急，心里隐隐有些难过。井老师再次找到我，还是在那棵紫藤树下，他轻轻拍着我的肩膀，悄悄告诉我，我这次考试还是21名，真可惜，只要再努力那么一点点，就是前20名了。

又是一个21名？天啊，这么巧？还是差一个名次，连我自己都替自己惋惜。那一刻，我牙齿咬得嘎嘣嘎嘣响，再次立下誓言：无论如何，下次一定要进入前20名。我始终觉得，在我的前面有一轮红艳艳的太阳，正一点一点地往上升，我仿佛伸手就能触摸得到那轮太阳，我想象着那轮太阳升起时的壮观。于是，我更加勤奋学习，而且主动找老师请教每一学科的学习方法。

我的努力没有白费，初二下学期期中考试，我和其他同学一起被井老师叫到办公室开会。天啊，我也进入了前20名！这让我顿时增添了无限的力量和自豪。

从此，我始终不忘自己是前20名，一如既往地保持着以前的学习劲头，一直持续到初三中考结束。出乎所有人的意料，全班64名同学五个考了中专，而我居然就是这五个人之一。要知道，那时候能考上中专比现在考入重点大学要难得多。当大红的喜报张贴在学校门口，我不敢看，我甚至不相信自己会进入前5名。那一天，我一个人跑到那棵紫藤树下，痛痛快快地哭了一场。走在村里，左邻右舍一个个夸赞不已：看看人家这孩子，真有出息！父亲在村里腰杆第一次挺直了。拿到录取通知书的那天晚上，喝酒从不超过两茶碗的父亲，第一次喝了足足三大碗，醉得一塌糊涂，睡着觉嘴里还不停地含含糊糊地唠叨："我高兴，高兴……"

上中专前夕，我去井老师家里拜访。在他的书房里，我无意中发现了一摞成绩单，原来每次考试后井老师也是排名次的。我仔细寻找着自己的名字，却吃惊地看到这样几个数据：初二期中考试，刘建班里名次第 35 名，期末考试刘建 29 名，初三上学期期中考试刘建 21 名……11 名……原来，在我初三上学期期末考试之前我从没进入班级前 20 名！

我难以想象，如果我知道自己付出那么多心血，却迟迟进入不了前 20 名那带给我的将会是什么。那一刻，我顿时明白了井老师的良苦用心，泪水禁不止潸然而下。在晶莹的泪光中，我清楚地看到，井老师的背影是那么魁梧、那么高大……

◀ 凯文和科伦佩尔

凯文是一位著名的英国动物行为学家，他有一个很大的动物园，里面饲养了很多的动物，像狮子、猴子、鬣狗、长颈鹿、熊和豹子等，应有尽有。为了饲养和研究这些动物，凯文耗费了家里所有的积蓄，有时经济到了捉襟见肘的地步。但不管怎么困难，凯文都从不舍得出售它们中的任何一种动物，哪怕是一只小小的鸟儿。

凯文和这些动物有着很深的感情，他和这些动物们简直就是一家人，在他眼里这些动物就是自己的儿女、自己的兄弟姐妹。和凯文感情最深的是一只叫科伦佩尔的鬣狗。鬣狗是食肉动物中最为凶猛的一种，平常人没人敢单独靠近它，特别是一只雌鬣狗。可是凯文却和科伦佩尔有着深厚的感情，因为科伦佩尔小的时候受过伤，是凯文无意中发现并把它带回家精心饲养，科伦佩尔才得以活下来，并逐渐长大成年。

科伦佩尔从不让任何人靠近它，却唯独凯文可以例外。凯文懂得科伦佩尔的一切语言，包括吼叫、甩尾巴、抬腿撒尿等，甚至连科伦佩尔的一个眼神，凯文都清清楚楚地明白什么意思。凯文经常和科伦佩尔亲吻、抚摸她的周身，让科伦佩尔骑在自己身上蹭来蹭去。这还不算，凯文还经常和科伦佩尔做玩球游戏。那情形简直就是一个父亲和女儿玩耍，亲昵得不行。

科伦佩尔成年了，凯文给它找了一个老公，那是一只长相帅气但异常凶猛的雄性鬣狗，凯文给它起了个名字叫拿破仑。凯文费尽心思，经过很多周折，终于使科伦佩尔和拿破仑幸福地结合了。看得出，科伦佩尔对自己的老公很满意，同时从它的眼神里看得出自己对凯文充满感激。科伦佩尔由此更是绝对信任凯文。

几个月后，科伦佩尔产下三只幼崽，略有动物知识的人都知道，生下幼崽的鬣狗护犊心最重，是不允许任何人靠近的，科伦佩尔同样如此，唯独对凯文例外，不仅允许他靠近自己和孩子，而且还经常把孩子叼出窝让凯文抚摸。凯文常常为自己能获得世界上最凶猛的动物之一的雌性鬣狗的信任而自豪和骄傲。这是一份无与伦比的荣耀，也似乎只有凯文才有这种天才，才有获得这份荣耀的机会。

不巧，由于特殊的原因，科伦佩尔产下幼崽后不久缺奶，三只幼崽面临饿死的危险。凯文像伺候亲生女儿一样照顾科伦佩尔的三个孩子，整天和它们生活在一起，给小幼崽喂奶、擦拭皮毛，无微不至地照料着。三只幼崽总算度过了危险期顺利成长，科伦佩尔对凯文更加信任和感激，甚至对凯文的女友玛丽亚也很友好，但始终保持一定距离，不让玛丽亚过分靠近自己和幼崽。

三只幼崽一天天长大，不仅长得非常可爱、健壮，而且一个个都很聪明，在凯文的训练下，学会了很多很多本领，比如钻火圈、踩高跷、骑自行车等，吸引了很多人观看。科伦佩尔一家成了远近闻名的大明星，很多马戏团和动物园争相出高价购买，都被凯文拒绝了。

科伦佩尔和她的三个孩子从没单独离开过一天，在所有动物的眼里，科伦佩尔一家是最幸福的一家。

一天，凯文的动物园里来了一个男人，那人大腹便便，戴着金丝眼镜，手指上夹着高档雪茄。凯文领着这个男人来到科伦佩尔一家住的铁栅栏边。男人看来对科伦佩尔的三个孩子很感兴趣，时不时指点指点，或者点点头。凯文始终微笑，可不知怎的，科伦佩尔觉得凯文笑得很是有些勉强。

男人走后，凯文和往常一样进了笼子给科伦佩尔一家送食。没想到惨剧发生了，科伦佩尔突然一口死死咬住了凯文的脖子，任凭凯文怎么挣扎都无济于事。凯文就这样被最亲密的朋友、从小养大的雌鬣狗科伦佩尔活活咬死了。

人们都震惊了，弄不清科伦佩尔到底怎么了，凯文哪里得罪了它，让它突然之间兽性大发。科伦佩尔被闻讯赶来的凯文的女友玛丽亚开枪打死了。

凯文死了，有人在凯文的上衣口袋里发现有一张十万英镑的支票和一份出售科伦佩尔一家的协议书，那上面有凯文的亲笔签名。

玛丽亚拿走了那张支票和协议书，去了那位大腹便便、戴着金丝眼镜、手里夹着雪茄的男人那里，只是谁也不知道玛丽亚去干啥。

◀ 没有雨伞你必须跑

　　那年，大学毕业分配前夕，班里不少同学纷纷找人托关系，往县城或条件好的乡镇分配。我家世代为农，没有任何关系可依靠。全班 50 多名同学数我分得最差，这是全县最偏远的一所乡村小学。学校坐落在一个荒凉的山岭上，前不着村后不靠店，工作和生活条件之艰苦远远超乎我的预料。我的心情糟糕透了，只想着有朝一日自己时来运转，靠上个关系，早一点调离这个兔子不拉屎的地方。

　　一个学期过去，我心里像有一根浮萍，一直漂浮不定，工作无法进入状态，教学成绩很不理想。家长意见很大，这让我十分痛苦又无奈。我的这一切自然逃不了老校长的眼睛。校长姓赵，是个五十多岁的老民师，话语不多，满头白发，被山风吹得乱糟糟的。除了说话有些慢条斯理，透着几分文化人的气息，外表乍看起来跟当地农民没什么两样。

　　赵校长曾几次找到我，跟我谈心，让我本着既来之则安之的心态，好好工作，不要辜负了自己的青春年华和学生家长的期待。这些老生常谈的话，我哪里听得进去。照旧浑浑噩噩，吊儿郎当过日子。

这天是个周六，上午快放学的时候，校长再次找到我和我谈心。我正心不在焉地听着，天气骤变，乌云密布，顷刻间下起瓢泼大雨。放学的钟声如期而至，那些有雨伞和雨衣的老师学生冒着雨走了，没有带雨具的只好冲进雨里往家赶。赵校长就住在学校，家离办公室大约300多米远。赵校长让我到他家吃饭，起初我没答应，无奈经不住校长的盛情，只好答应了。可看着室外如注的大雨，我犹豫不决。因为两人都没有带雨具，这样出去非淋雨不可，闹不好还会淋出病的。赵校长催促我快走，别误了吃饭。说着，他一头冲进雨里。我赖在那里不走，赵校长扭头看了我一眼，喊了一声："果断点，快走啊！"见状，我只好硬着头皮钻进雨里。等跑到校长家的时候，我们两人都早已淋成了落汤鸡。我心里有些埋怨，这么大的雨，干嘛那么着急，不就吃顿饭嘛，有什么了不起的。

下午放假，不上班，赵校长炒了两个小菜，从床底下摸出一瓶五莲老白干，给我倒上一杯，然后又给自己倒上一杯。就着简单的菜肴，两人你一盅我一杯对饮起来。两杯酒下肚，赵校长的话多起来。他端着酒杯，眼睛看着我，捉迷藏似地说："知道我为什么非让你冒雨来我家？"我说："当然知道了，不就是想让我来吃饭？""错！除了请你吃饭之外，还有一个原因，而且这是我请你的主要原因。"

还有什么原因？莫非是要批评我？我茫然了，继而脸红了。挨批就挨批吧，反正死猪不怕开水烫，再说不知哪天我就调走了，让你批还能批几回？

"你知道吗？在我办公室的抽屉里有两把雨伞，可我没有拿出来，为什么？"赵校长卖起了关子。

有伞不用，只有傻瓜才做这样的事。你这不是故意让我淋雨吗？我心里又纳闷又有些不高兴。

"小厉啊，我知道你来这里心里堵得慌，你觉得自己很委屈很无奈。我也知道，分到这里来的老师，除了自愿的，大都是没有关系门路的。你的心情我都可以理解，人往高处走水往低处流，这是很正常的现象。但既然到我们这来了，就要勇敢面对没有'伞'的现实，用自己的智慧和汗水，开创出人生的一片新天地。比如这大雨天，你没有伞，或者恰巧没带雨具，怎么办？不走了？不可能，这时你能做的，只有横下心，硬着头皮，冲进雨里去，跑！这是你唯一的选择，你不知道雨到底什么时候停……你是一棵好苗子，可不要辜负了自己啊……"赵校长说着轻轻啜了一小口酒，看着我，似乎等着我的回答。

赵校长的一番话如醍醐灌顶，让我大梦方醒。"没有雨伞你必须跑！"这是多么富有人生哲理的话。我端起酒杯，一仰脖，将半杯酒一饮而尽。我红着脸，说："校长，您放心，我知道该怎么做了。"

从那以后，我牢牢记住了赵校长的这句话，将心思收回来，认真钻研教学，耐心辅导学生，积极参加教研活动。一年后，我便从十几个青年教师中脱颖而出，成为全县语文骨干教师。同时，我还坚持业余文学创作，兴办文学社。

　　而今，二十年过去了，当年二十出头的我，仿佛眨眼功夫已人到不惑之年。我成长为一名省级骨干教师、省作协会员，在当地语文教学界和写作界有了一定名气。在我的头上也有了不少"雨伞"：有几位领导很赏识我的教学和写作才华，几次要我改行到党政机关当秘书，或者进县城当教研员，都被我婉言谢绝了，而甘愿继续留在这里当一名普普通通的语文老师。那位用心良苦的老校长也早已退休，赋闲回家。

　　每当接一个新的班级，或者面对那些不认真学习的学生，我都会情不自禁地讲起"没有雨伞你必须跑"的故事……讲着讲着，我的眼睛润湿了。朦胧中，那位白发苍苍、朴实慈祥、不乏睿智的老校长仿佛正笑吟吟地朝我走来……